Kurzroman

Beim zweiten Mal küsst es sich besser

Poppy J. Anderson

1. Auflage November 2013

www.poppyjanderson.de

poppyj.anderson@googlemail.com

Besuchen Sie mich auf Facebook:

www.facebook.com/pages/Poppy-J-Anderson

Liebe Leserinnen und Leser,

endlich finde ich einmal die Gelegenheit, mich bei allen Personen zu bedanken, die mich besonders in der letzten Zeit auf so wunderbare Weise unterstützt haben. Neben den üblichen Verdächtigen wie Julia, Ina und Myriam sind es Jacqueline, Natascha, Jenny, Katja und Jacky, die diesen Kurzroman als Testleserinnen bekamen und meine ständigen – vermutlich sehr nervigen – Nachfragen ertragen mussten, ob ihnen die Geschichte gefiele. Falls Ihnen, werte Leserinnen, irgendetwas an der Geschichte von Hugh und Kate missfällt, wissen Sie, an wen Sie sich wenden müssen.

Wer bereits meinen Roman Verliebt in der Nachspielzeit *gelesen hat, wird das Paar Hugh & Kate kennen, da sie einmal kurz als Freunde vom Titans-Coach John Brennan vorgestellt wurden.*

Nun wünsche ich Ihnen sehr viel Spaß beim Lesen dieser Geschichte.

1. Kapitel

Kate Stuart fuhr langsam durch die bekannten Straßen der kleinen Stadt Hailsboro im östlichen Texas und konnte nicht glauben, dass sie ausgerechnet hier wieder gelandet war. Noch vor einer Woche hatte sie in Los Angeles gelebt und war abends mit Freunden ausgegangen, um Cocktails zu trinken, die zwanzig Dollar kosteten, doch nun lenkte sie ihr Auto durch die verschlafene Kleinstadt, in der sie aufgewachsen war.

Es war genau dreizehn Jahre her, dass sie aus Hailsboro fortgegangen war. Damals hatte sie voller Vorfreude und mit einer klitzekleinen Portion Angst ihrer Collegezeit entgegengefiebert, während sie es nicht erwarten konnte, aus der Kleinstadt herauszukommen und die weite Welt zu sehen. Für einen Teenager war die osttexanische Provinz nicht aufregend genug gewesen, doch als Einunddreißigjährige mit einer gescheiterten Verlobung und einer Kündigung in der Tasche war die heile Welt ihrer Heimatstadt genau richtig, sagte sie sich und holte tief Luft, während sie sich die gepflegten Fassaden der Geschäftshäuser ansah.

Es hatte sich fast nichts geändert, wie sie bemerkte. Im Gegensatz zur hektischen Großstadt wirkte Hailsboro ziemlich gemütlich, geradezu beruhigend auf sie. Sie hatte definitiv genug vom Großstadtleben, der Anonymität und den unzähligen Kellnern, die sich für den nächsten Hollywoodstar hielten und ihre Visitenkarten wie Gratisproben von L'Oréal verteilten. Ganz abgesehen von Obdachlosen, die fremde Autos als Urinal benutzten und das für ihr gutes Recht hielten. Darauf konnte Kate mit Sicherheit verzichten.

Sie steuerte eine Parklücke an und stellte den Motor ab, bevor sie für einen Moment sitzenblieb und sich im Rückspiegel betrachtete. Ihrer Meinung nach war ihr deutlich anzusehen, welchen Stress sie in der vergangenen Woche gehabt hatte. Die dunklen Augenringe passten perfekt zu ihrem fahlen Teint, die zerzausten dunklen Zotteln brauchten ganz dringend eine ordentliche Haarwäsche und ihre verschleierten hellbraunen Augen ließen absolute Erschöpfung erkennen. Glücklicherweise hatte die Heulerei vor drei

Tagen aufgehört, so dass sie wenigstens keine geschwollenen Augenlider mehr hatte. Nur gut, dass sie zu ihrer Großmutter gefahren war, seufzte Kate innerlich. Bessie würde sich wie eine besorgte Glucke um sie kümmern. Normalerweise hätte dieser Gedanke Kate abgeschreckt, aber momentan konnte sie ein bisschen großmütterliche Fürsorge gebrauchen.

Ihre Großmutter war hellauf begeistert gewesen, als Kate sie vor wenigen Tagen angerufen hatte, um sie zu fragen, ob sie für einige Zeit bei ihr wohnen könnte. Seit Kates Mom vor fünf Jahren nach Seattle gezogen war, lebte Bessie allein in ihrem großen Haus und kümmerte sich ebenso allein um ihre Bäckerei. Kate liebte ihre Großmutter und hatte sie lange nicht gesehen, also freute sie sich sogar auf ihren Aufenthalt. Als sie als Teenager mit Mutter und Großmutter unter einem Dach gewohnt hatte, war sie beinahe verrückt geworden. Bessie Hammond war gläubig und überfürsorglich – Attribute, die einer Enkeltochter in der Pubertät nicht wirklich Spaß machten, aber jetzt sehnte sich Kate danach. Sie wollte bemuttert und verhätschelt werden.

Ein Blick auf die Uhr zeigte ihr, dass ihre Großmutter vermutlich noch in ihrer Bäckerei war. Es war fünf Uhr nachmittags und einige wenige Passanten huschten von einem Geschäft in das andere. Obwohl Kate seit Jahren nicht mehr hier gewesen war, ahnte sie, dass es daran lag, dass heute Abend das wöchentliche Footballspiel der Highschoolmannschaft stattfand und die letzten Einkäufe getätigt wurden. In Texas glaubten die Menschen nur an drei Dinge: den lieben Gott, das Recht auf Waffen und an Football. Meistens stimmte die Reihenfolge nicht, da Football für viele Menschen noch vor dem Kirchgang kam. Was die Waffen betraf, blieben diese unangefochten auf dem ersten Rang. Selbst Kates Großmutter, eine gottesfürchtige Frau mit dem Hang zu mit Zuckerguss überzogenen Kuchen, bewahrte eine Schrotflinte in der Kammer neben dem Gäste-WC auf. Sie war eine waschechte Texanerin, auch wenn sie mit Football nie etwas hatte anfangen können. Kate dagegen hatte sich weder von der Religiosität ihrer Großmutter noch von der texanischen Waffenvernarrtheit anstecken lassen. Ihr einziges Laster war die Begeisterung für Highschoolfootball gewesen.

Schuld daran war ihr erster Freund gewesen, der zum Stammspieler im Team der Highschool avanciert war. Wie Kate später erfahren hatte, war er sogar Profi geworden und hatte als Linebacker bei den Dallas Cowboys gespielt.

Kate verengte die Augen und schüttelte innerlich den Kopf. Hugh Lindsay war die letzte Person, an die sie jetzt denken wollte. Noch eine Erinnerung, die sie lieber weit weg schob.

Sie atmete kurz durch, sammelte ihre wirren Gedanken und stieg anschließend aus, bevor sie das Auto verriegelte und die Bäckerei ihrer Großmutter betrat. Als die Türklingel über ihr läutete, musste sie trotz allem lächeln, schließlich war der Laut ihr wohl vertraut. Früher hatte sie die Türklingel jeden Tag gehört, wenn sie nach der Schule in die Bäckerei ihrer Großmutter gegangen war, um ein Stück Kuchen abzustauben oder beim Backen zu helfen. Sogar die Gerüche waren die gleichen wie früher. Selbst die Einrichtung hatte sich nicht geändert. Immer noch sah der Laden wie eine kleine französische Patisserie aus. Alles wirkte etwas altmodisch, aber das machte den

Flair der Bäckerei aus. Neben Broten aller Art verkaufte ihre Großmutter Torten, Gebäck und selbstgemachte Pralinen. Ein Blick auf die ausschließlich weiblichen Gäste an den Tischen zeigte Kate, dass die Naschereien reißenden Absatz finden mussten. Lächelnd sah sie sich nach ihrer Großmutter um, die ihren grauen Lockenkopf genau in diesem Moment in den Verkaufsraum steckte und begeistert aufkreischte.

„Meine Kate ist da!“ Der schrille Laut erschreckte nicht nur sie, sondern auch die meisten Gäste, die gleich herumfuhren, um Kate zu begutachten.

Bessie Hammond fegte trotz ihrer dreiundsiebzig Jahre flott durch das Geschäft, trocknete sich dabei die Hände an ihrer weißen Schürze ab und umarmte ihre Enkelin anschließend. Kate erwiderte die Umarmung ihrer Großmutter und zog den vertrauten Duft nach Rosenwasser und Hefe ein. Die blauen Augen ihrer Großmutter funkelten vor Aufregung, als sie Kate betrachtete. Dabei bildeten sich Fältchen um ihre Augen, aber ansonsten wirkte sie mindestens fünfzehn Jahre jünger, was auch an den vollen Wangen lag. Es hinterließ anscheinend Spuren, den ganzen Tag in einer Bäckerei zu arbeiten, bemerkte Kate lächelnd.

Es war typisch für ihre Großmutter, dass sie sofort auf das Offensichtliche zu sprechen kam. „Dieser Mistkerl hat dich gar nicht verdient! Ich habe Steven nie gemocht. Sei froh, dass du ihn los bist."

Bevor Kate etwas erwidern konnte, kam Bessie richtig in Fahrt. „Kate, du bist furchtbar mager geworden. Gibt es in Los Angeles kein vernünftiges Essen?"

Seufzend dachte Kate daran, welche Mühe sie sich gegeben hatte, auf Zucker und ungesunde Kohlenhydrate zu verzichten, weil sie in der Modebranche arbeitete und perfekt auszusehen hatte. Bessie dagegen liebte deftige Hausmannskost und hielt ein Essen ohne Butter für Folter.

„Grandma, mit mir ist alles okay."

Bessie tätschelte ihr die Hand und schnalzte mit der Zunge. „Mach dir darum keine Sorgen, mein Schatz. Jetzt bist du erst einmal Zuhause. Ich werde dich schon wieder aufpäppeln."

Kate wagte einen kleinlauten Protest, den ihre Großmutter einfach ignorierte und durch den gesamten Raum brüllte. „Hatty, schau doch! Meine Kate ist wieder da. Ist sie nicht furchtbar mager geworden?“

Bald fand sich Kate an einem Tisch mit Bessies ältesten Freundinnen wieder, die sich wie Glucken aufführten und ihr von allen Seiten Teller mit Keksen, Pralinen oder Kuchenstückchen hinschoben. Natürlich war das sehr aufmerksam, aber Kate hätte sich viel lieber in ihr Auto gesetzt, um zum Haus ihrer Großmutter zu fahren, ihre Sachen auszupacken und sich ins Bett zu legen, um mindestens eine Woche lang zu schlafen. Sie hatte kein Bedürfnis, an diesem Tisch zu sitzen und ein Schwätzchen zu halten, sondern wollte viel lieber in Ruhe an die Decke starren und sich selbst bemitleiden. Unbehaglich bemerkte sie, dass sie plötzlich im Mittelpunkt der Diskussion der fünf alten Damen stand, und wäre am liebsten unter den Tisch gekrochen.

„Schätzchen, du siehst völlig erschöpft aus.“

„Du musst dich nur ordentlich ausschlafen ...“

„Du solltest mehr essen!“

„Mach dir nichts aus diesem Mann, Kate. Bessie hat uns alles erzählt! Wenn du mich fragst, ist er deinen Kummer nicht wert."

Um nicht antworten zu müssen, stopfte sich Kate mit glasierten Kirschtaschen voll und senkte die Augen auf den Tisch. Eigentlich war sie nach Hailsboro gekommen, um nicht über Steven nachdenken zu müssen. Sie hatte keine Lust, dieses Thema ausgerechnet am Tisch der größten Klatschweiber der ganzen Stadt zu besprechen. In Gedanken überlegte sie sich gerade eine wundervolle Foltermethode für ihre Großmutter, die einfach einmal die Klappe hätte halten können. So wie Kate diese Stadt kannte, wusste spätestens nach dem sonntäglichen Kirchgang jeder Bewohner über ihre gescheiterte Beziehung Bescheid.

„Männer können solche Schweine sein ..."

„Das stimmt. Ihr kennt doch sicher meine Cousine Emma, die mit ihrem Mann nach Virginia gezogen ist, weil er dort einen Job bekommen hat. Alles hat sie für ihn aufgegeben, hat ihm immer den Rücken gestärkt, aber kaum ist sie in die Wechseljahre gekommen, hat er sie für seine Sekretärin verlassen."

Bessie schnaubte und starrte ihre älteste Freundin Hatty an. „Da kann sie von Glück reden, dass er gewartet hat, bis sie in die Wechseljahre gekommen ist. Charlie hat Megan verlassen, nachdem sie ein Baby bekommen hatte. Megan war Mitte zwanzig, als sie geschieden wurde."

Da Kate besagtes Baby gewesen war, verdrehte sie die Augen und murmelte genervt: „Mom und Dad haben sich nicht mehr geliebt, Grandma."

„Papperlapapp! Es heißt *in guten wie in schlechten Zeiten* und nicht *bis ihr keine Lust mehr auf eine Ehe habt*, Kate."

Kate kannte dieses Argument seit ihrer Kindheit und hielt wohlweißlich den Mund. Wenn Bessie einmal in Fahrt war, konnte sie nichts aufhalten. Stumm hörte Kate zu, wie sich die alten Damen über Männer ausließen und immer wieder Kates Ex-Verlobten anführten, während Kate eine bleierne Müdigkeit bemerkte, die ihr in alle Glieder fuhr.

Hatty seufzte schwer, wobei sich ihre vollen Wangen aufplusterten und anschließend für einige Sekunden wie Pudding wackelten. „Die Tochter der besten Freundin meiner Schwester hat fast das Gleiche durchmachen müssen wie du, Kate. Sie kam nach einem Elternabend nach Hause und erwischte ihren Mann, der mit seinem Geliebten im Ehebett lag ..."

„Mit einem Mann?!" Bessie öffnete vor Entsetzen den Mund.

„Drei Kinder haben sie zusammen", ereiferte sich Hatty und bekam vor lauter Empörung ein rotes Gesicht. „Acht Jahre waren sie verheiratet und lebten seit zehn Jahren zusammen! Wie kann ihr denn nie aufgefallen sein, dass er vom anderen Ufer war?"

„Sei bloß froh, dass dir *das* nicht passiert ist, Kate", Helen, Bessies Nachbarin, schüttelte ungläubig den Kopf.

Kate hatte genug gehört und schob ihren Stuhl zurück. „Grandma, ich bin ziemlich müde. Kannst du mir einen Hausschlüssel geben?"

„Natürlich, Schätzchen", besorgt musterte ihre Großmutter sie. „Willst du nicht warten, bis ich den Laden abschließe, damit wir zusammen nach Hause gehen können?"

Am liebsten hätte Kate eine Grimasse geschnitten, schüttelte jedoch schweigend den Kopf. Zwar redeten die alten Damen weiterhin über betrügerische Ehemänner, aber Kate ignorierte dies, grabschte nach dem Haustürschlüssel ihrer Großmutter und trat mit einem gemurmelten Abschiedsgruß den Rückzug an. Sie kam sich vor, als sei sie einem Gefecht entronnen, als sie die Bäckerei verließ. Eins war ganz sicher. Sie würde auf gar keinen Fall am Sonntag mit in die Kirche gehen.

Kate lümmelte auf der Couch ihrer Großmutter, trug Schlabberhosen, ein fleckiges T-Shirt und sah sich einen Action-Film im Fernsehen an, während sie sich Käse aus der Dose in den Mund sprühte. Seit sie nach Hailsboro gekommen war, fehlte ihr jegliche Motivation, aus ihrem trübsinnigen Loch herauszukommen. Stattdessen verkroch sie sich hier in dem altmodischen Haus von Bessie, legte keinen Wert auf ihr Äußeres, vernachlässigte ihre Körperpflege und genoss das erste Mal seit Jahren wieder Bessies wunderbare Köstlichkeiten. Wie Kate merkte, hatte sie auch zugenommen, doch das interessierte sie momentan ebenso wenig wie das Wetter draußen. In Los Angeles war sie ständig wie aus dem Ei gepellt gewesen, hatte ihr Training nie ausfallen lassen und war morgens Stunden früher aufgestanden, um sich zurecht zu machen. Mit Argusaugen hatte sie auf Kalorienzufuhr und Kohlenhydratgehalt geschaut. Doch hatte ihr das irgendetwas gebracht?

Ihr Job war futsch und ihre Verlobung war dank Stevens Eskapaden den Bach runtergegangen. Mit Anfang dreißig war sie wieder bei ihrer Großmutter in einer Kleinstadt gelandet und beschäftigte sich den lieben langen Tag damit, von einem Kanal zum nächsten zu schalten und sich ab und zu Kartoffelchips aus den Haaren zu puhlen.

„Kate, du hattest versprochen, heute Abend mit mir zur Stadtversammlung zu kommen." Bessie steckte ihre geliebten Perlenohrringe an und warf einen skeptischen

Blick auf ihre Enkelin, bevor ihr Blick durch das Wohnzimmer schweifte.

Kates Augen folgten dem missbilligenden Blick ihrer Großmutter, als diese die leere Chipstüte auf dem Wohnzimmertisch, die halbvolle Flasche Cola, Kekskrümel auf dem Teppich vor der Couch und benutzte Teller sowie Gläser fixierte. Kate zuckte innerlich mit der Schulter und sprühte sich den Rest des Dosenkäses in den Mund. Mit vollem Mund erklärte sie nur. „Grandma, ich bin total müde und bleibe lieber hier."

„Es ist halb sieben abends, Kate. Wovon bist du eigentlich müde?"

Nörgelnd zog Kate die gehäkelte Decke höher. „Grandma ..."

„Du solltest lieber an die frische Luft gehen, bevor du wie Ed Sullivan endest. Der Mann musste nicht nur mit einem Kran aus seinem Haus befreit werden, sondern hatte am ganzen Körper Dekubitus. Man sagt, dass sein Allerwertester lediglich aus rohem Fleisch bestand. Ich will mir nicht vorstellen, wie das gerochen haben muss ..."

Der Käse in ihrem Mund schmeckte plötzlich grauenhaft. Bilder vom alten Ed Sullivan formten sich in ihrem Kopf zu einem regelrechten Horrorfilm zusammen, während sie fürchtete, sich gleich auf die geblümten Couchkissen ihrer Großmutter übergeben zu müssen.

„Hopp, hopp! Du hast fünf Minuten, um dich umzuziehen ...“

„Stadtversammlungen sind so öde“, widersprach Kate und stellte die leere Dose beiseite, bevor sie sich ein wenig aufrichtete.

„Heute besprechen wir die diesjährige Weihnachtsdekoration“, argumentierte Bessie aufgeregt. „Das wird alles andere als öde.“

Kate verzog das Gesicht. „Grandma …“

„Kate Stuart, du bist einunddreißig und nicht dreizehn, also hör mit deinem Genörgel auf.“

Zerknirscht seufzte Kate. „Von mir aus! Aber beschwere dich später nicht, wenn ich einschlafen sollte!“

Kate schlich alles andere als begeistert die Treppen nach oben und nahm eine Dusche. Ihre nassen Haare föhnte sie nur kurz an und schlüpfte in ein Paar Jeans. Im Gegensatz zu Bessie, die sich für diese wahnsinnig wichtige Stadtversammlung stets herausputzte, wie auch die meisten anderen Frauen der Stadt, zog Kate bloß ein weißes T-Shirt und ein blaues Sweatshirt an. Auf Socken kam sie die Treppen hinunter, bevor sie in ihre Sneakers schlüpfte und Bessies missmutigen Blick übersah, mit dem sie Kates Kleidung musterte.

Auf dem Weg zur Stadthalle musste sich Kate unzählige Geschichten über die Ehe von Hattys Enkel Terry anhören, der ein, wie Bessie verschwörerisch flüsterte, Flittchen aus den Nordstaaten geheiratet hatte. Kate hörte schweigend zu, während Bessie erklärte, dass Terrys Frau, ihr Name war Sonia, ihn wegen eines Autohändlers aus einem Nachbarort verlassen hatte, aber nach fast drei Wochen wieder angekrochen war, weil der Autohändler, sein Name war Russ, genug von Sonia hatte. Bessie erzählte empört, dass Terry seine Frau wieder aufgenommen hatte, weil der kleine Sohn, sein Name war Lenny, immerhin mit beiden Eltern aufwachsen sollte.

Kate trottete neben Bessie her, die Hände in den Taschen ihres Sweatshirts vergraben, und versuchte, dem Geschwätz ihrer Großmutter nicht viel Beachtung zu schenken. Sie hatte keine große Lust, sich mit den Problemen von Hattys Enkel auseinanderzusetzen, den sie eh nicht kannte. Sie dachte viel eher daran, wie sie den heutigen Abend überstehen sollte, denn sie hatte überhaupt keine Lust, sich mehrere Stunden die Probleme der Einwohner von Hailsboro anzuhören. Meistens ging es darum, ob jemand ein neues Ladenschild auf den Bürgersteig stellen durfte, oder ob der neue Gartenzaun eines Nachbarn zu dem Zaun des nächsten Nachbarn passte. Währenddessen tratschten Frauen, aber auch Männer über die neusten Vorkommnisse und vertilgten dabei Kekse und Kuchen, die irgendjemand immer mitbrachte. Kate wusste, dass sich diese Versammlung über Stunden hinziehen konnte.

„Komm und beeil dich, Kate", Bessie hetzte nach einem Blick auf die Uhr schneller den Gehsteig entlang. „Wir sind spät dran. Ich möchte nicht unbedingt ganz hinten sitzen."

Innerlich verdrehte Kate die Augen, denn hinten zu sitzen, wäre eine fabelhafte Gelegenheit gewesen, sich nach einer halben Stunde zu verkrümeln.

Als sie vor der kleinen Stadthalle ankamen, drängten sich schon zahlreiche Stadtbewohner hinein, während Bessie von überall begrüßt wurde. Kate musste ständig lächeln und nicken, da Bessie lauthals verkündete, dass ihre Enkelin aus Los Angeles zu Besuch gekommen sei. In der kleinen Stadthalle, die sich in den vergangenen Jahren nicht verändert hatte, ergatterten beide noch Plätze in der drittletzten Reihe, was Bessie nicht sonderlich begeisterte. Da sie jedoch Besseres zu tun hatte und mit Laura Greenfield quasselte, die vor ihr saß und eine scheußliche braune Jacke trug, war das Ärgernis der drittletzten Reihe schnell vergessen. Die beiden Frauen sprachen über die Idee von Claudine MacArthur, die Kostüme der traditionellen Weihnachtssänger im mexikanischen Stil nähen zu lassen. Sowohl Bessie als auch Laura fanden diese Idee anscheinend grotesk, da sich beide schrecklich aufregten. Kate dagegen lehnte sich zurück in ihren Stuhl und grub die Hände in die Taschen des Sweatshirts.

Ted O'Reilly, der schon seit Jahrzehnten der Leiter der Stadtversammlungen war, erschien grauer und etwas fülliger als in Kates Erinnerung. Er bat um Ruhe und schaute zufrieden von der Bühne hinab, als langsam Ruhe einkehrte.

„Herzlich willkommen zur heutigen Stadtversammlung. Unser Bürgermeister verspätet sich um einige Minuten und muss jeden Augenblick zurück sein. Bis dahin wird Claudine uns ihre Vorschläge für die Kostüme der Weihnachtssänger vorstellen."

Claudine war eine Sechzigern mit einem kleinen drahtigen Körper, die mit piepsiger Stimme nun erklärte, wie schön die traditionellen Kostüme gewesen waren, die sie auf ihrer Mexikoreise im letzten Jahr gesehen hatte. Kate verdrehte die Augen und zog den Kopf ein, während Bessie neben ihr schnaubte, bevor sie sich zu ihr beugte. „Das ist doch abartig! Wir sind hier in Texas! Nicht in Tijuana! Warum sollten wir mexikanische Kostüme tragen?"

Kate antwortete nicht, sondern zuckte nur mit der Schulter. Sie kannte die abstrusen Ideen der Einwohner, seit sie ein Mädchen gewesen war, und konnte durch nichts mehr geschockt werden.

Bevor sie gähnen musste, hielt sie sich schnell die Hand vor den Mund, während sie überlegte, warum sie bloß mitgekommen war. Bessie jedenfalls schien ihre Anwesenheit kaum zu beachten, da sie mit Laura flüsterte und dabei missmutige Blicke auf die Bühne warf, auf der Claudine mit feuerrotem Kopf stand und immer noch mexikanische Weihnachtskostüme anpries.

„Was haben wir bloß mit Mexiko zu tun?“ Laura flüsterte so laut, dass die umstehenden Reihen es mitbekamen. Einige drehten sich um, so dass Kate ihren Kopf einzog.

„Bis auf Juanita Gonzales, die vor fünf Jahren hier wohnte, leben überhaupt keine Mexikaner in unserer Stadt.“ Bessie verzog das Gesicht.

„Juanita?“ Laura sah sie fragend an. „Welche Juanita?“

„Dieses entzückende Mädchen, das bei Frida im Salon arbeitete …“

„Sie hieß Juana und kam aus Puerto Rico“, warf nun Hatty ein, die eine Reihe vor ihnen saß.

Bessie sah fragend drein. „Puerto Rico? Bist du sicher?“

„Aber ja“, Hatty seufzte. „Sie hat mir die Nägel gemacht und dabei erzählt, woher sie kam.“

„Mir hat sie immer die Haare gemacht“, erwiderte Hattys Schwester Gaby, die neben ihr saß. „Eigentlich wollte ich nie wieder eine Dauerwelle haben, nachdem mir ein Friseur vor zwanzig Jahren damit die Haare verdorben hatte, aber Juana hat mich überredet. Als sie wegzog, war ich furchtbar enttäuscht.“

Kate verdrehte die Augen.

„Sie hatte anscheinend jemanden aus Kansas kennen gelernt und wollte ihn heiraten …“

„Kansas?“ Bessie sah skeptisch aus. „Wenn das mal gut geht.“

„Meine Damen“, Ted O’Reilly musste die Stimme erheben und sah zu den Frauen hinüber, die sich zueinander gewandt hatten und sich lautstark unterhielten. „Claudine ist mit ihrem Vorschlag noch nicht …“

„Ted, warum zum Teufel sollten wir mexikanische Kostüme tragen?“

„Aber …“

„Genau“, schaltete sich Hatty ein. „Was ist an unseren alljährlichen Kostümen so falsch? *Ich* jedenfalls werde nicht wie ein mexikanischer Drogendealer aussehen und dabei Jingle Bells singen.“

Kate hätte beinahe gelacht, verkniff es sich jedoch lieber, während sie amüsiert der folgenden Debatte über Mexiko, Weihnachtskostüme und dem immer wieder aufkommenden Wort *Drogen* lauschte. Anscheinend glaubte man wirklich, dass es in Mexiko außer Drogen nichts anderes gab.

Gerade als sich Bessie einmischte, sich hinstellte und über vulgäre mexikanische Mode zu reden begann, ging die Tür auf und Ted verkündete erleichtert: „Oh, zum Glück bist du da!“ Er räusperte sich und erklärte seufzend. „Meine Damen, der Bürgermeister wird sich liebend gern mit diesem Thema auseinandersetzen.“

Kate schaute kurz von ihren Nägeln auf, die sie eingehend begutachtet hatte. Das Gerede über die aus Puerto Rico stammende Juana hatte sie auf die Idee gebracht, sich um ihre abgerissenen Fingernägel zu kümmern. Gelangweilt blickte sie auf die Bühne, als schlagartig alle Gedanken aus ihrem Hirn gefegt waren. Sie starrte den Bürgermeister an, der lächelnd Ted begrüßte und an das Rednerpult schlenderte.

Panisch griff sie nach Bessies Arm und zog sie zu sich.

„Kate …“ Bessie sah missbilligend auf ihre Enkelin hinab.

„Hugh ist der neue Bürgermeister?“

Freundlich nickte Bessie. „Natürlich ist er das.“

Mit offenem Mund starrte Kate ihre Großmutter an, bevor sie wütend zischte: „Wieso hast du das nicht erwähnt?“

„Natürlich habe ich das“, erwiderte Bessie unbeirrt.

„Nein, das hast du nicht“, verkündete Kate außer sich und leider etwas zu laut. Sie lief rot an, während sich fast alle Köpfe zu ihr drehten. Schnell ließ sie Bessies Arm los und lehnte sich zurück, wobei sie versuchte, sich so klein wie möglich zu machen, doch es nützte nichts. Hugh sah irritiert und fragend in ihre Richtung. Kate konnte genau sehen, in welcher

Sekunde er sie erkannte. Nervös bemerkte sie, dass sich sein Gesicht zu einem amüsierten Grinsen verzog, während er den Kopf schief legte.

„Mrs. Hammond, kann ich Ihnen weiterhelfen?"

„Es ging um die Weihnachtskostüme. Claudine hat eine Änderung vorgeschlagen, die wir überhaupt nicht gut finden."

„Wir?" Interessiert blickte er zu Kate, die die Zähne zusammen biss und ihn finster musterte.

„Laura, Hatty und ich sind einer Meinung. Selbst meine Enkelin ..."

Weiter kam Bessie nicht, da Kate etwas sehr Ungehöriges tat und ihre Großmutter in den Hintern kniff, damit sie endlich Ruhe gab.

„Aha", er wirkte noch amüsierter und grinste. „Vielleicht sollten wir einfach darüber abstimmen."

Kate saß auf ihrem Stuhl und wäre am liebsten aufgestanden, um zu verschwinden. Ihre Pechsträhne schien nicht aufhören zu wollen. Hugh Lindsay war wirklich der letzte Bewohner von Hailsboro, den sie treffen wollte. Wenn sie gewusst hätte, dass er sich hier niedergelassen hatte, wäre sie sicher nicht hergekommen. Sehr gerne hätte sie Bessie noch einmal in den Hintern gekniffen, wenn sie daran dachte, dass ihre Großmutter niemals erwähnt hatte, dass Hugh Lindsay nicht nur nach Hailsboro zurückgekehrt war, sondern auch noch Bürgermeister geworden war! Normalerweise berichtete Bessie am Telefon ausführlich über jede Neuigkeit, die in dieser Stadt passierte, aber dass Hugh zurück war, hatte sie niemals erwähnt.

In ihr brodelte es, während sie ihn verstohlen betrachtete. Hugh stand lässig am Rednerpult, trug verwaschene Jeans und eine offene Sportjacke, fuhr sich durch sein dunkles Haar und grinste immer wieder in ihre Richtung. Dieses Grinsen machte Kate absolut wahnsinnig! Es erinnerte sie nicht nur an den charmanten Teenager, der Hugh einmal gewesen war, sondern brachte sie auf die Palme, weil sie sich einredete, dass er sich gerade an gewisse Erfahrungen erinnerte, die sie beide zusammen gemacht hatten. Es war kein Wunder, dass Kate wie eine Tomate errötete, als Hugh sie mit einem diabolischen Zwinkern im Blick anstarrte. Er kannte Kate schließlich nackt. Zwar war es einige Jahre her, dass sie beide zusammen die Jungfräulichkeit verloren hatten, nichtsdestotrotz trieb ihr diese Erkenntnis peinliche Röte ins Gesicht.

Eigentlich dürfte es ihr überhaupt nichts ausmachen, Hugh zu sehen, redete sie sich selbst ein. Auf der Highschool waren sie unzertrennlich gewesen, aber das war über zehn Jahre her. Hugh bedeutete ihr schon lange nichts mehr, also sollte es ihr auch jetzt egal sein, dass er wenige Meter vor ihr stand, über Stadtverordnungen schwafelte und mit dunkelgrünen Augen in ihre Richtung sah.

Als sich die Versammlung endlich dem Ende näherte, atmete Kate auf. Sie musste hier raus und den nervtötenden Blicken von Hugh entkommen. Langsam erhoben sich die anwesenden Bürger und eilten zu den mit Törtchen bedeckten Tischen. Kate beugte sich zu Bessie, die mit Laura quasselte, und raunte: „Ich warte draußen."

Ihre Großmutter nickte zerstreut, während sie weiterhin ihrer Freundin lauschte. Kate dagegen flitzte aus dem Saal und stellte sich ein wenig abseits von der Eingangstür hin. Hektisch fuhren ihre Hände in die

Sweatshirttaschen, um nach Zigaretten zu suchen, als ihr einfiel, dass sie das Rauchen längst aufgegeben hatte. Genervt fasste sie sich in ihren dunkelbraunen Pony und seufzte innerlich. Sie hatte gewusst, dass sie lieber zu Hause auf der Couch geblieben wäre.

„Hallo, Kate."

Erschrocken drehte sie sich zu Hugh um, der direkt hinter ihr stand und lässig feixte.

„Hugh", sie rang sich ein knappes Lächeln ab und verschränkte die Arme vor der Brust. Noch immer musste sie aufsehen und den Kopf in den Nacken legen, um ihn anschauen zu können. Kate war nicht gerade klein, sondern größer als die meisten Frauen, aber Hugh überragte sie um einiges.

„Lange nicht gesehen", seine Augen glitten über ihr Gesicht. „Gut siehst du aus."

Klar, dachte Kate sarkastisch. Sie war ungeschminkt, ungekämmt und trug zu alten Jeans einen Schlabberpulli. Innerlich verärgert, dass sie sich nicht wenigstens ein wenig zurecht gemacht hatte, gab sie ein schmales Lächeln zurück.

Seine grünen Augen funkelten belustigt. „Seit wann bist du wieder in Hailsboro?“

„Seit einigen Tagen“, sie räusperte sich. „Und wie geht es dir so?“

Er schien überrascht zu sein, dass sie überhaupt mit ihm redete, denn er starrte sie etwas verwundert an. „Gut. Wie du bemerkt hast, bin ich jetzt Bürgermeister“, grinsend verzog sich sein Mund. „Komisch, dass ausgerechnet ich Bürgermeister geworden bin, wenn ich daran denke, wie wir früher Bingoabende und Teegesellschaften sabotiert haben.“

Ohne es zu wollen, musste Kate lächeln, denn sie erinnerte sich gut daran, dass sie als Zehnjährige mit Hugh nur Unsinn veranstaltet hatte. Sabotierte Bingoabende waren dabei die kleinsten Vergehen gewesen.

„Weißt du noch, wie wir Wasserbomben in den Versammlungssaal geworfen haben?“

Kate verdrehte die Augen und schnaubte. „Dein Dad erwischte dich dabei. Gab das einen Ärger!“

„Hey“, verteidigte er sich gut gelaunt. „Deinen Namen habe ich nicht genannt. Den Ärger habe ich ganz allein auf mich genommen.“

Gerade noch rechtzeitig verkniff sie sich ein breites Lachen, sondern erwiderte leichthin. „Vielen Dank noch einmal.“

„Gern geschehen“, seine Hände vergruben sich in den Taschen seiner Jeans. „Wie geht es dir so? Ich hab gehört, dass du in L.A. lebst?“

Kate würde den Teufel tun und Hugh erzählen, dass ihr Leben ein einziges Chaos war und sie zu ihrer Großmutter gezogen war. Also entgegnete sie lapidar: „Ja, schon seit einigen Jahren.“

„Toll, und was machst du beruflich?“

Noch eine Frage, die sie lieber nicht beantwortet hätte. So war das nun einmal mit Exfreunden – wenn man ihnen begegnete, sollte man unbeschreiblich gut aussehen und erschreckend erfolgreich auftreten. Leider traf momentan beides nicht auf sie zu.

„Ich habe Marketing studiert, bin nach dem Studium jedoch in der Modebranche gelandet. Seit einigen Jahren arbeite ich bei einem Modekonzern als Einkäuferin."

Er lachte leise auf. „Das klingt ganz nach dir, Kate. Schön, dass du es so weit gebracht hast."

Sie biss wieder einmal die Zähne zusammen und lächelte gezwungen. „Danke. Seit wann bist du wieder in Hailsboro?"

„Seit einem guten Jahr. Wie du siehst, hat sich in der Stadt nicht viel verändert."

Sein gut geschnittenes Gesicht verzog sich amüsiert, woraufhin Kate die Augen senkte. Ihm nach all den Jahren wieder gegenüber zu stehen, brachte sie furchtbar durcheinander. Hugh war ihre erste große Liebe gewesen, ihr erster Freund und auch ihr einziger bester Kumpel. Schon im Kindergarten waren sie unzertrennlich gewesen, in der Schule waren sie wie Patt und Patterchen und in der Highschool waren sie ebenfalls die besten Freunde gewesen, bis Kate die Sommerferien bei ihrem Dad in Arizona verbracht hatte und nach zwei Monaten wieder nach Hause gekommen war. Damals war sie vierzehn Jahre alt geworden und hatte sich in Hughs Augen sehr verändert, denn er hatte sie ständig angestarrt, als sie zusammen schwimmen gewesen waren. Kate hatte es anfangs überhaupt nicht bemerkt, sondern gemütlich neben ihm auf dem Bootssteg in ihrem neuen Bikini gelegen, während sie ihm von dem Besuch bei ihrem Vater erzählt hatte. Später hatte sie erfahren, dass Hugh sie zum ersten Mal in seinem Leben als Mädchen betrachtet hatte und nicht als Spielkameradin, und dass ihm gefallen hatte, was er sah.

Mit Hugh hatte sie fast alle denkbaren Ereignisse in ihrem Leben gefeiert, den ersten Kindergartentag, den ersten Schultag, den ersten Fall vom Fahrrad, die erste Stunde Schwimmunterricht, den ersten Kuss, den ersten Schulball, das erste Mal Sex und den ersten Liebeskummer.

„Wie lange bleibst du?“

„Mhh … keine Ahnung“, sie suchte hektisch nach einer guten Ausrede und erklärte verschwörerisch. „Ich will mich ein wenig um meine Großmutter kümmern.“

Zum Glück kam Bessie in diesem Moment aus dem Haus und sah sich suchend nach ihr um. Erleichtert seufzte Kate innerlich auf, denn viel länger mit Hugh hier zu stehen war nicht gut für ihr Seelenheil.

„Oh, Bessie wartet schon auf mich. War jedenfalls nett, dich wiederzusehen.“

„Ebenso“, erwiderte er und drehte sich um, um zu gehen. Doch er sah sie noch einmal grinsend an und sagte. „Tschüss, KitKat.“

2. Kapitel 1992

„Kate? Schätzchen? Hugh ist da. Darf er reinkommen?"

Die Stimme von Kates Mom klang furchtbar besorgt. Hugh biss sich auf die Unterlippe und starrte auf Kates Kinderzimmertür, auf der eine tanzende Primaballerina zu sehen war.

„Hugh darf rein. *Nur* Hugh!", erklang Kates verheulte Stimme. Er mochte es gar nicht, wenn Kate weinen musste. Leider war das oft der Fall, wenn ihr Dad mal wieder eine Verabredung absagte, auf die sich Kate wahnsinnig gefreut hatte. Bald waren Sommerferien und Kate war ganz aus dem Häuschen gewesen, weil sie mit ihrem Dad nach Disneyland fahren sollte, doch heute hatte er angerufen und die gemeinsamen Ferien abgesagt.

„Hey, Kate."

Sie sah auf, als Hugh ihr Zimmer betrat und die Tür hinter sich schloss.

„Hey, Hugh", entgegnete sie dumpf und starrte auf die bunte Patchwork-Decke unter sich. Mit einem schweren Seufzer deutete sie auf ihr Bett, auf das Hugh kommentarlos hüpfte.

Es gefiel ihm gar nicht, dass Kate so niedergeschlagen wirkte. Ihre braunen Augen waren vom Weinen ganz rot und auch ihre Nase war sichtlich geschwollen. Sie saß wie ein Häufchen Elend auf ihrem Bett und presste ein rosafarbenes Kissen gegen ihre Brust. Ihr braunes Haar, das jetzt im Sommer ziemlich hell geworden war, war zu einem schiefen Pferdeschwanz gebunden. Hugh hoffte, dass sie nicht wieder zu weinen anfing, da er nie wusste, was er dann sagen sollte.

„Draußen scheint die Sonne. Sollen wir angeln gehen?"

Kopfschüttelnd blickte sie ihn an. Normalerweise munterte es sie immer auf, mit ihm zum See zu fahren und nach Fischen zu angeln. Ein Blick in ihr trauriges Gesicht reichte aus, um sich selbst schlecht zu fühlen.

Er griff in seine abgeschnittenen Jeans und holte eine rote Verpackung heraus, die er ihr in den Schoß warf.

Wortlos nahm Kate das KitKat entgegen, schälte es aus seiner Verpackung und biss trostlos hinein. Er hatte das KitKat extra eingepackt, bevor er zu Kate geradelt war, weil er wusste, wie gerne sie die Dinger aß.

„Lass mich raten“, führte Hugh finster aus. „Deine Mom hat gesagt, dass dein Dad zu viel zu tun hat, aber es bald nachholen will.“

Kate nickte und kaute auf dem KitKat herum. „Mom hat gesagt, dass es Dad leid tut, er aber arbeiten muss“, sie schnitt eine Grimasse. „Ich weiß, dass er geheiratet hat, Hugh. Das hat er mir am Telefon selbst gesagt. Unseren Urlaub hat er einfach vergessen und nun erfindet Mom Ausreden.“

Als sich wieder Tränen in ihren Augen bildeten, schluckte Hugh. Er konnte sie einfach nicht weinen sehen. Das war auch der Grund gewesen, weshalb er Jamie Macintosh vor einem Monat verhauen und anschließend eine Woche Hausarrest bekommen hatte. Jamie hatte sich über Kates Zahnlücke lustig gemacht und sie zum Weinen gebracht. Das hatte Hugh wahnsinnig geärgert.

Mit zitternder Stimme fuhr sie fort: „Jetzt will Mom mit mir nach Disneyland fahren, aber ...“

„Aber es ist nicht dasselbe“, beendete er ihren Satz.

„Genau“, klagte sie unglücklich. „Manchmal denke ich, dass Dad mich gar nicht lieb hat.“

Was sollte er bloß entgegnen? Er wusste nicht, wie es für Kate war, nur mit ihrer Grandma und ihrer Mom zu wohnen, während ihr Dad in einem anderen Bundesstaat lebte und sie kaum sah. Er selbst hatte eine Mom und einen Dad, die er jeden Tag sah. Manchmal gingen sie ihm ziemlich auf den Keks, aber er war froh, dass er sie beide hatte.

Plötzlich fragte sie ihn verwirrt. „Solltest du heute nicht auf Bradys Geburtstagsparty sein?“

„Die ist doch lahm“, entgegnete er knapp. Sobald er gehört hatte, dass Kate am Boden zerstört war, hatte er Brady das Geburtstagsgeschenk vorbei gebracht und für die Party abgesagt. Er wollte lieber Kate aufmuntern, anstatt an einer Super-Soaker-Schlacht in Bradys Garten teilzunehmen. „Ich habe gesehen, dass heute *Sister Act* im Kino läuft. Mom kauft uns bestimmt Karten, wenn wir sie fragen.“

Mit einem zaghaften Lächeln bedachte Kate ihn. Erleichtert erwiderte er das Lächeln. Auch wenn er Filme, in denen getanzt und gesungen wurde, auf den Tod nicht ausstehen konnte, wusste er, dass Kate solche Filme liebte. Mit tanzenden und singenden Nonnen konnte er sie sicherlich aufmuntern.

„Morgen ist schulfrei, also kannst du nach dem Kino zu mir kommen und bei mir schlafen. Heute Abend gibt es Pizza."

„Du willst doch nur, dass ich dir bei deinem Naturwissenschaftsprojekt helfe", witzelte sie und zerknüllte das KitKat-Papier in ihren Fingern.

„Ist schon fertig", verkündete er stolz. „Wenn du willst, kann ich es dir heute Abend zeigen."

„Cool", sagte sie und lächelte ihn so breit an, dass ihm ganz warm wurde.

3. Kapitel

Kate trug das fertig angerichtete Blech mit Makronentörtchen in den Verkaufsraum und ignorierte das fröhliche Treiben an den zusammengestellten Tischen. Bessie und die Hälfte der Frauen über siebzig hatten sich in der Bäckerei versammelt, um den stadtinternen Klatsch zu besprechen. Seit zwei Stunden musste sich Kate Gerüchte über den Schwager von Claudine anhören, der angeblich eine thailändische Frau aus einem Katalog *bestellt* hatte, oder Geschichten über die Vasektomie von Helens Schwiegersohn ertragen.

Glücklicherweise konnte sie sich nützlich machen und sich mit der Fertigung von Makronentörtchen und Mohnschnecken ablenken, die sie gerade glasiert hatte. Man konnte viel über Bessie sagen, aber sie war ein Genie, was Gebäck aller Art betraf. Von klein auf hatte Kate ihr helfen dürfen und dabei alles über die Fertigung von kalorienhaltigen Kuchensorten gelernt. Daher fiel es ihr nicht schwer, für Bessie einzuspringen und einen Vanillebiscuit zu zaubern, der mit gerösteten Mandeln und gezuckerten Himbeeren verziert wurde.

Gerade als sie die frischen Gebäckstücke in die Auslage stellte, ertönte die Türklingel. Obwohl Kate davon ausging, dass eine von Bessies Freundinnen zu dem kichernden Pulk dazu stieß, sah sie auf und entdeckte voller Schrecken Hugh.

„Hallo, die Damen“, begrüßte er charmant dreizehn Augenpaare, die ihn entzückt beobachteten. Am liebsten hätte Kate die Augen verdreht, als die alten Damen wie verschämte Teenager zu kichern anfingen.

„Hey, Kate“, mit dem gleichen charmanten Lächeln bedachte er sie und trat an die Kuchentheke heran.

„Hallo“, grüßte sie widerwillig zurück und wischte sich ihre Finger an der Schürze ab.

Seit der Stadtversammlung vor einer Woche hatte sie ihn ab und zu auf der Straße oder beim Tanken getroffen. Jedes Mal hatte sie ihn ignoriert und gehofft, dass er die Botschaft verstanden hatte, doch ein Blick in sein amüsiertes Gesicht sagte ihr, dass er gar nicht daran dachte, ihr aus dem Weg zu gehen.

Wären Bessie und die anderen Klatschtanten nicht dabei gewesen, hätte sie ihn unfreundlich gefragt, was er von ihr wollte, da sie jedoch nicht allein waren, musste sie gezwungenermaßen etwas Höflichkeit vortäuschen.

„Seit wann arbeitest du denn in der Bäckerei deiner Großmutter?“, fragte er interessiert und lehnte sich lässig gegen die Glastheke.

„Seit ein paar Tagen“, erwiderte sie so freundlich wie ein Gefängniswärter, was ihn anscheinend zu einem weiteren Heiterkeitsausbruch animierte, da er leise auflachte und dabei zwei Reihen strahlend weißer Zähne aufblitzen ließ, die im Kontrast zu seiner gebräunten Haut und dem noch dunkleren Drei-Tage-Bart standen.

„Kann ich dir irgendetwas geben?“, fragte sie, um ihn so schnell wie möglich loszuwerden.

Belustigt zuckten seine dunklen Augenbrauen hoch, bevor er heiter auf die Apfelplunder deutete. „Zwei Dutzend Apfelplunder ...“

„Zwei Dutzend?“ Überrascht fiel sie ihm ins Wort.

„Ja, außerdem hätte ich gerne ein Dutzend Mohnschnecken und ein Dutzend Kirschtaschen."

Misstrauisch verschränkte sie die Arme vor ihrer Brust. „Wozu brauchst du vier Dutzend Gebäckstücke? Willst du dir einen Zuckerschock holen?"

Er grinste breit. „Schön, dass du um meine Gesundheit besorgt bist."

Schnaubend langte sie nach einem Papptablett und begann, die Apfelplunder darauf zu platzieren. „Von wegen ..."

„Ich muss ein ganzes Team von hungrigen Footballspielern versorgen", erklärte er ungefragt. „Die Jungs haben heute ein zusätzliches Training zu absolvieren. Daher dachte ich mir, dass sie gegen etwas Zuckerhaltiges sicher nichts einzuwenden hätten."

Wortlos senkte Kate den Blick und griff mit der Kuchenzange nach den Mohnschnecken. Anscheinend verstand Hugh diese Geste nicht, da er unbeirrt weiter quatschte.

„Das ist schon die zweite Saison, in der ich der Footballtrainer der Highschool bin. Ich hätte nicht gedacht, dass das so viel Spaß machen könnte. In der nächsten Woche spielen wir gegen das Team der R.W. Wilson-Highschool. Im letzten Jahr haben sie uns geschlagen, aber für dieses Spiel haben wir ziemlich gute Karten."

„Mhh", erwiderte sie als Antwort und hoffte, dass er es endlich verstand.

Hugh war jedoch schon als Kindergartenkind extrem stur gewesen und hatte diese Angewohnheit beibehalten. Trotz ihrer unmissverständlichen Zeichen, sie in Ruhe zu lassen, plauderte er weiter. „Kannst du dich an Tyler Eaton erinnern? Du hast mit siebzehn ab und zu auf ihn aufgepasst. Seine Eltern hatten nicht einmal etwas dagegen, dass ich dir Gesellschaft leistete ..."

„Ich erinnere mich", zischte sie ihm zu und spürte, wie sie errötete, weil sie an regelrechte Knutschorgien auf der Couch der Eatons dachte, während der dreijährige Tyler oben in seinem Bett geschlafen hatte.

„Tyler ist ein großartiger Quarterback und geht im nächsten Jahr aufs College. Ich bin mir sicher, dass er ein Stipendium bekommen wird."

Genervt sackten ihre Schultern hinunter und sie funkelte ihn unter ihrem Pony an. „Außer den vier Dutzend Gebäckstücken noch etwas?“

„Nö“, erwiderte er und zog sein Portemonnaie aus der hinteren Tasche seiner Jeans hervor.

Kate tippte die Posten in die altertümliche Kasse ihrer Großmutter ein und fluchte, als sie einen falschen Preis eingab. Schuld daran war allein Hugh, der feixend vor ihr stand und besser aussah, als er es eigentlich verdiente.

„Du solltest mal vorbeischauen und dir das Training anschauen, Kate.“

„Warum sollte ich?“ Sie runzelte die Stirn und schlug die Bon-Taste an.

„Früher hast du dir immer das Training angeschaut.“

Sie kniff die Lippen zusammen und murmelte so leise, dass nur Hugh sie verstehen konnte: „Darüber werde ich sicherlich nicht mit dir reden.“

„Kate ...“

„Das macht dreiundachtzig Dollar und zweiundfünfzig Cent.“

Seufzend legte er das Geld auf die Theke und nahm das riesige Kuchentablett in Empfang. „Falls du es dir dennoch überlegen solltest ..."

„Tschüss, Hugh", erwiderte sie knapp und drehte sich um, um in das Hinterzimmer zu gehen.

Als sie wenig später wieder in den Verkaufsraum ging, dauerte es nicht lange, bis Bessie sie zu sich rief. In der Annahme, dass die Damen Nachschlag ordern wollten, lächelte sie höflich in die Runde, die sie neugierig anstarrte.

„Kate, mein Schatz", Bessie seufzte schwer. „Helen hat gerade erzählt, dass Josy Phillips hinter Hugh her ist."

Ahnungslos hob Kate die Augenbrauen in die Höhe. „Und?"

Alma, die Kindergartenfreundin ihrer Großmutter, schnaubte unfreundlich. „So wie du mit ihm flirtest ..."

„Wie bitte?" Schockiert starrte sie die korpulente Frau an. „Ich habe *nicht* mit ihm geflirtet! Wie kommt ihr denn darauf?"

„Es war doch eindeutig!"

Anscheinend mussten die alten Damen vor lauter Zuckergenuss schon halluzinieren, entschied Kate. Eher würden Schweine fliegen lernen und Texas zu einem vegetarischen Staat ausgerufen werden, bevor sie mit Hugh flirtete.

„Josy Phillips wird einen Anfall bekommen, wenn sie hört, dass du hinter Hugh her bist."

„Laura, ich bin nicht hinter Hugh her", seufzte Kate auf. „Er ist lediglich ein alter Schulfreund."

„Alter Schulfreund?" Alma zog die buschigen Augenbrauen hoch und ächzte. „Ganz Hailsboro weiß, dass ihr in der Schule ein Paar ward."

Bessie sah sie empört an. „Alma, um Gottes willen. Die beiden haben Händchen gehalten. Das würde ich nicht als Paar bezeichnen."

Kate zuckte zusammen. Ihre Großmutter gehörte einer Generation an, der es unvorstellbar war, dass Teenager Sex hatten. Gerade als sie das Thema wechseln wollte, dröhnte das Lästermaul Alma los.

„Händchen halten?!"

„Kate und Hugh waren brave Kinder."

„Das glaubst du doch selbst nicht!"

„Alma Steiner, nimm das zurück“, fauchte Bessie ihre Freundin an. „Meine Enkelin war ein vernünftiges Mädchen.“

„Ganz Hailsboro wusste, dass Hugh nach Huntsville gefahren ist, um Kondome zu kaufen …“

Bessie hatte es die Sprache verschlagen. Sie sah Kate ungläubig an, die vor lauter Verlegenheit rot wurde.

„Grandma ...“

Enttäuscht schüttelte Bessie ihren Kopf. „Kate.“

Kate seufzte genervt auf. „Weißt du, wie lange das her ist, Grandma? Ich bin mittlerweile einunddreißig Jahre alt.“

„Aber ...“

„Ich will dir die Illusion nicht rauben, aber Teenager haben heutzutage Sex.“

„Darum geht es doch gar nicht.“ Fassungslos murmelte Bessie. „Wenn ich daran denke, dass ich dem Jungen auch noch Plätzchen gab, wenn er zu uns nach Hause kam!“

Mit einem erstickten Laut verdrehte Kate die Augen.

„Hugh ist der begehrteste Junggeselle der Stadt“, wagte sich Helen vor und fixierte Kate.

„Das interessiert mich nicht, Helen.“

Leider wurde sie ignoriert, da Laura mit der Zunge schnalzte. „Wenn du ihn dir angeln willst, solltest du etwas netter zu ihm sein, Kate. Die Nichte meiner Freundin hat nur für ihn zwanzig Pfund abgenommen, aber er scheint es nicht einmal bemerkt zu haben.“

Helen nickte. „Seitdem er Bürgermeister geworden ist, kommen plötzlich viele der unverheirateten Frauen zu den Sitzungen.“

Alma griff nach einem Makronentörtchen und erklärte abschätzig: „Ganz sicher hat sich Patty nur für ihn in diese hautengen Leggings gezwängt. Den ganzen Abend lang wartete ich darauf, dass sie mit einem lauten Knall platzten.“

Kate musste sich beherrschen, nicht auf Almas ausladendes Hinterteil zu deuten, während die Besitzerin sich ein Törtchen in den Mund schob.

„Es wäre sicherlich hilfreich, wenn du dich etwas herausputzen könntest“, Hatty deutete auf Kates Äußeres, das heute aus grauen Hosen und einer kuscheligen Sweatshirt-Jacke mit bunten Abnähern bestand. „Schließlich war der Junge ein berühmter Footballspieler und hatte immer viel mit Cheerleadern zu tun."

„Josy hat wegen ihm sogar das Training der Cheerleader an der Highschool übernommen."

„Schön für sie", Kate fasste sich genervt an die Stirn. „Wenn ihr nichts mehr bestellen wollt, gehe ich wieder ..."

„Nimm' dir unseren Rat bitte zu Herzen, Schätzchen."

Kate antwortete nicht, sondern drehte sich um und verschwand eilig hinter der Theke. Kleinstädte und deren Bewohner konnten eine einzige Plage sein. Anstatt sie in den Wahnsinn zu treiben, sollten sich die Klatschtanten lieber ein vernünftiges Hobby suchen! Und was Hugh betraf ... der konnte bleiben, wo der Pfeffer wuchs.

Am Abend hatte sich Kate mit Lucy verabredet. Lucy war ihre älteste und beste Freundin, die in der letzten Woche mit ihrem Mann Jake und ihrer kleinen Tochter Judy im Urlaub gewesen war. Kate war mehr als froh, dass Lucy wieder in Hailsboro war, denn so ganz ohne jemanden, mit dem sie reden konnte, war sie beinahe bekloppt geworden. Inmitten der Verrückten, die sie beschuldigten, mit Hugh zu flirten, brauchte sie eine normale Person um sich herum.

Lucy war seit zwei Jahren verheiratet und hatte im letzten Jahr Judy bekommen. Jake kannte sie bisher nur flüchtig, da er nicht aus Hailsboro stammte, sondern mit Lucy hierher gezogen war, nachdem sie sich auf der Uni kennengelernt hatten.

Kate hatte Lucy in den letzten Jahren nicht sehr oft gesehen, sondern hatte sich auf häufige Telefonate beschränken müssen, da beide wegen ihrer jeweiligen Arbeit ständig eingebunden gewesen waren. Lucy war die einzige Tierärztin in der Umgebung und konnte sich nur selten freinehmen. Auch heute hatte sie bei der Entbindung eines Kalbs helfen müssen und war eine halbe Stunde zu spät zu ihrer Verabredung in Teds

Kneipe gekommen. Die Wartezeit hatte sich Kate mit dem besten Freund ihres verstorbenen Großvaters versüßt, der ihr die gleichen Geschichten wie in ihrer Kindheit erzählt hatte. Die Geschichte von dem kapitalen Achtender, den er mit Kates Großvater in den siebziger Jahren geschossen hatte, kannte sie zwar auswendig, hörte sie jedoch geduldig an und nickte begeistert. Als sein Urenkel, ein genervter Sechzehnjähriger, den Kopf in die Kneipe steckte, weil er Taxidienst für den Achtzigjährigen spielte und vergeblich vor der Tür gewartet hatte, schaute Kate dem alten Mann lächelnd nach. Wie schön zu sehen, dass sich einiges nicht geändert hatte.

Als Lucy endlich die Kneipe betrat, hatte Kate bereits ihr zweites Bier vor sich stehen und räkelte sich gähnend auf dem Barhocker. Der Arbeit in der Bäckerei war anstrengend, außerdem hatte die absurde Diskussion um Kates angebliche Flirtversuche mit Hugh ihr den letzten Nerv geraubt. Eigentlich hätte sie es sich gerne auf dem Sofa gemütlich gemacht, aber Bessies penetrante Art, scheinheilig über Hugh reden zu wollen, hatte sie aus dem Haus gejagt. Hier in Teds

Kneipe war sie wenigstens vor den Attacken der weiblichen Bewohner von Hailsboro sicher, da sich normalerweise nur Männer in die urige Gaststätte verirrten. Mittlerweile verstand Kate sehr gut, weshalb die Männer vor den tratschenden Frauen dieser Kleinstadt flohen und sich lieber in der verräucherten Kneipe aufhielten.

Die Kneipe war duster, diesig, verraucht und roch nach Bier, dennoch erschien sie wie das Paradies auf Erden, da keine gackernden Stimmen zu hören waren, die über Wechseljahrprobleme, Vasektomien oder Diabetesfüße sprachen. Hier saßen die Männer an der Theke oder den wenigen Tischen, tranken Bier, steckten ihr Kleingeld in die zwei an der Wand befestigten Automaten oder spielten eine Partie Billard. Kate fühlte sich pudelwohl und griff in die kleine Schale mit gerösteten Erdnüssen. Einzig die vielen gerahmten Zeitungsartikel und Fotos, auf denen Hugh in Footballmontur abgebildet war, störten sie ganz entsetzlich.

Lucy umarmte sie herzlich, bevor sie sich auf den Barhocker neben Kate setzte und ebenfalls ein Bier bestellte. Obwohl sie bei der Geburt eines Kalbes geholfen hatte, wirkte sie wie das blühende Leben und strahlte Kate aus blauen Augen an, die perfekt zu ihren kurzen blonden Haaren passten.

„Ich bin ja so froh, dass du wieder in Hailsboro bist, Kate! Manchmal dachte ich schon, dass ich durchdrehen würde, wenn ich nicht endlich jemanden fände, mit dem ich reden kann."

Fragend lehnte sich Kate etwas zurück und musterte ihre Freundin kurz, die einen riesigen Schluck Bier trank. „Was ist mit Jake?"

„Was soll mit Jake sein?"

Kate verdrehte die Augen. „Er kommt mir als erstes in den Sinn, wenn du davon sprichst, dass du hier niemanden zum Reden hast."

„Ach", wischte Lucy mit einer knappen Handbewegung weg. „Es gibt nun einmal Dinge, die ich nicht mit ihm besprechen will."

„Die da wären?"

„Da fällt mir sofort dieser skurrile Sextraum ein, den ich vor einem Monat hatte."

„Himmel, Lucy“, seufzte Kate auf. „Ich schätze, dass Jake gerne etwas über deine Sexträume hören würde.“

Lachend grabschte nun auch Lucy nach den Nüssen und verkündete heiter. „Der Sextraum handelte aber nicht von Jake.“

„Oh.“

Das Geräusch, das Lucy von sich gab, war eine Mischung aus Kauen und Kichern und klang geradezu abartig. „Der Traum war so skurril, weil ich es mit Fred von der Tankstelle auf dem Rücksitz von Dads altem Auto getrieben habe.“

Kate schüttelte sich. „Du bist pervers, Lucy! Fred von der Tankstelle ist widerlich und riecht immer nach Bärenfett. Außerdem ist der Mann über fünfzig!“

Dadurch nicht im Geringsten peinlich berührt nickte Lucy. „Dann stell’ dir doch bitte Jakes Reaktion vor, wenn ich ihm davon erzählt hätte!“

„Der arme Mann wusste sicher nicht, wie du in Wahrheit tickst, als er dich heiratete.“

Lucy wackelte mit den Augenbrauen und nahm noch einen Schluck.

„Mädchen, kann ich euch noch etwas bringen?"

Die blonde Tierärztin nickte hoch erfreut. „Zwei von deinem Selbstangesetzten, Ted."

„Okay."

Kate sah zu, wie Ted zwei Schnapsgläser mit einer dunklen Flüssigkeit füllte, und fragte Lucy halblaut. „Selbstangesetzt?"

„Du musst zwar aufpassen, dass du nicht erblindest, aber es schmeckt großartig. Selbstgebrannter mit Nussaroma." Lucy seufzte auf. „Heute ist mein freier Abend. Jake passt auf die Kleine auf, während ich es mir gut gehen lassen kann."

Lucy hatte absolut Recht, schoss es Kate durch den Kopf, als sie den dunklen Schnaps trank. Das Zeug schmeckte super, auch wenn es wie die Hölle im Rachen brannte. Nichtsdestotrotz bestellten sie eine weitere Runde. Nach dem heutigen Überfall dieser Frauenmeute schien Teds Schnaps tatsächlich wahre Wunder zu tun. Natürlich erzählte sie Lucy davon und musste den amüsierten Blick ihrer Freundin ertragen.

„Kate, nimm das nicht ernst. Du weißt, wie die Frauen hier ticken. Morgen werden sie sich darauf stürzen, dass es in Bills Geschäft ein neues Toilettenpapier zu kaufen gibt."

„Kannst du dir vorstellen, dass sie mir unterstellt haben, dass ich mit Hugh flirte? Mit *Hugh*!"

„Hugh ist ein heißer Typ."

Mit einer Grimasse sah sie Lucy erwartungsvoll an. „Was willst du damit sagen?"

Ihre Freundin zuckte mit der Schulter. „Dass Hugh ein heißer Typ ist. Außerdem ist er ein netter Kerl."

„Hugh ist vor allem eins, Lucy. Er ist mir völlig egal", verkündete sie ruhig und entschlossen, bevor sie einen tiefen Schluck Bier nahm. Wenn selbst ihre beste Freundin, die eigentlich auf ihrer Seite stehen sollte, plötzlich Hugh lobte, war das ein verdammt beschissenes Gefühl.

„Kate, ich weiß doch, wie du dich gefühlt hast, als ..."

„Anscheinend weißt du es nicht, wenn du mit einem Mal auf seiner Seite stehst."

Sie hörte Lucys schweren Seufzer. „Natürlich stehe ich nicht auf seiner Seite, aber ich wollte nur anmerken, dass er wirklich ein netter Kerl ist. Er macht viel für die Gemeinde und trainiert das Highschool-Team."

„Mir ist es total egal, was Hugh macht, solange er mich in Ruhe lässt."

„Wie lange ist es jetzt her, Kate?"

Sie rutschte auf dem Barhocker herum, bevor sie etwas versöhnlicher erklärte: „Ich weiß, was du mir damit sagen willst, Lucy. Versteh' doch einfach, dass ich mit Hugh abgeschlossen habe."

„Okay. Verstanden. Ich dachte nur, dass du ihm vielleicht die ganze Geschichte vergeben hättest. Das wäre sicher angenehmer für dich, wenn du wieder in Hailsboro lebst."

Kate rieb sich unsicher über die Stirn. „Ich weiß doch gar nicht, ob ich hier bleiben werde."

„Ich bin dafür, dass du hier bleibst", verkündete Lucy inbrünstig. „Es gibt keine nette Frau in unserem Alter hier, Kate. Die einen sind zu langweilig und die anderen sind völlig plemplem."

„Hast du nicht vor einiger Zeit erzählt, dass du eine nette Frau beim Einkaufen kennengelernt hast, die nach Hailsboro gezogen ist?"

„Josy Phillips“, seufzte Lucy auf und schauderte gespielt.

„Der Name kommt mir bekannt vor“, rätselte Kate.

„Süße sechsundzwanzig Jahre alt, Single und absolut barbiemäßig. Anfangs war sie ganz knuffig, aber irgendwann habe ich ihr zuckersüßes Geplapper nicht mehr ausgehalten.“ Lucy deutete auf Kate. „Sie ist hinter Hugh her und trainiert deshalb die Cheerleader.“

Kate blickte auf die Theke und biss sich kurz auf die Lippen. „Cheerleader ... das passt zu Hugh.“

„Kate ...“

„Schon gut.“ Kate fuhr sich abrupt durchs Haar. „Soll er sich mit Josy Phillips vergnügen. Ich habe sowieso die Schnauze voll von Männern.“

„Kann ich verstehen“, Lucy blickte sie von der Seite an. „Wie bist du mit Steven verblieben?“

„*Verblieben*?!“ Fassungslos schüttelte Kate den Kopf und ächzte. „Mein Gott, Lucy! Wie soll ich schon mit ihm verblieben sein? Das letzte Mal sah ich ihn, als er nackt auf dem Sofa saß, das ich von meinem ersten Lohn gekauft hatte, während unsere Nachbarin zwischen seinen Beinen hockte und ihm einen geblasen hat!“

Ihre Freundin schnappte nach Luft, bevor sie in ein prustendes Lachen einfiel. „Tut mir leid, Kate, aber ...“

„Aber?“

„Aber das Sofa war sowieso grottenhässlich!“

Kate starrte ihre Freundin fassungslos an, bevor sie in das Lachen miteinfiel. „Vielen Dank, meine Liebe!“

„Es war wirklich scheußlich ...“ Lucy sah Ted an und deutete auf die leeren Schnapsgläser, die er gleich darauf füllte.

„Weißt du, was mich am meisten aufgeregt hat?“

„Nein“, gluckste Lucy vor sich hin.

Kate leerte ihr Schnapsglas und knallte es mehr oder weniger auf die Theke zurück, da sie erste Feinmotorikirritationen bemerkte. „Hundertmal hatte ich ihm gesagt, dass er seinen Schlüsselbund nicht auf den Couchtisch legen sollte, weil das Holz empfindlich sei, aber was sehe ich? Sein beschissener Schlüsselbund liegt auf dem Couchtisch und hat eine fette Schramme hinterlassen!“

Lucy wieherte vor Lachen. „Dein Verlobter sitzt mit seinem nackten Arsch auf deiner hellgrauen Couch und lässt sich von eurer Nachbarin einen blasen, aber du achtest nur auf den Couchtisch?"

„Der Couchtisch war eine echte Antiquität", schimpfte Kate und gluckste gleichzeitig. „Du kannst über die Couch sagen, was du willst, aber der Couchtisch war extrem edel."

„Trotzdem hast du ihn nicht mitgenommen, als du gegangen bist", warf Lucy ein.

„Durch diese Episode hatte er leider an Wert verloren. Nein, ich habe meine Sachen gepackt, Steven den Ring an den Kopf geworfen und bin in ein Hotel gezogen, bis ich kurz darauf ins Auto gestiegen und hierher gefahren bin."

Lucy ließ Ted noch einmal nachschenken und wollte nachdenklich von Kate wissen. „Was war mit deinem Job?"

Seufzend fuhr Kate den Rand des Bierglases nach. „Ich bat meinen Chef um ein paar Tage Urlaub, weil ich eigentlich davon ausging, mir eine neue Wohnung zu besorgen. Außerdem wollte ich nicht unbedingt im

Büro Heulkrämpfe bekommen und hatte daher vor, mich in Ruhe mit der Trennung auseinanderzusetzen. Mein Chef sah das leider anders und weigerte sich, mir freizugeben, obwohl ich massig Überstunden und Urlaub angehäuft hatte. Irgendwann setzte er mir die Pistole auf die Brust ... das war dann der Tropfen, der das Fass zum Überlaufen gebracht hat. Ich kündigte und packte meine Sachen."

„Hat sich Steven denn nicht bei dir gemeldet?"

„Natürlich hat er das", Kate verdrehte die Augen. „Er meinte, die ganze Verlobung sei ihm zu schnell gegangen und er hätte sich eingesperrt gefühlt, deshalb hätte er sich auf die Nachbarin eingelassen. Blablabla. Mir war das schnuppe und ich habe ihn aus dem Hotelzimmer geworfen."

„Du gehst total gefasst mit der ganzen Situation um."

Kate holte Luft und zuckte unbeholfen mit der Schulter. Natürlich hatte sie geweint, um ihre Beziehung getrauert und nicht glauben können, was ihr passiert war, aber schon bald war sie es leid gewesen, sich selbst zu bemitleiden.

„Ich mochte Steven noch nie", kommentierte Lucy, nachdem sie das Schnapsglas geleert hatte.

„Das habe ich gemerkt." Kate trank ebenfalls aus und bemerkte eine angenehme Benommenheit in ihrem Kopf.

„Er ist ein arroganter Wichser, wenn du mich fragst. Ständig musste er einen korrigieren."

Kate fixierte ihre Freundin und sagte neugierig. „Du hast aber nie etwas gegen ihn gesagt."

„Natürlich nicht", verteidigte sich Lucy empört und scherzte. „Es hätte ja sein können, dass ich Brautjungfer hätte sein dürfen."

„War das auch der Grund, weshalb du mich so selten besucht hast?"

„Abgesehen davon, dass deine hässliche Couch unglaublich unbequem war, wenn ich auf ihr schlief, war ich wenig scharf darauf, Stevens hochnäsiges Gerede über seinen tollen Job, seine tollen Eltern oder seinen tollen Weingeschmack zu hören." Bedauernd rümpfte Lucy die Nase. „Ich hoffe, du bist mir jetzt nicht böse."

Nachdenklich schüttelte Kate den Kopf. „Das bin ich nicht.“

„Es tut mir leid, Süße“, ungelenk zuckte Lucy mit der Schulter und legte Kate eine Hand auf den Arm. „Mir gefällt es zwar nicht, was du gerade durchmachen musst, aber wenn ich ehrlich bin, muss ich dir sagen, dass ich froh bin, dass du Steven losgeworden bist. Er hat dich nicht verdient.“

Kate atmete schwer aus. „Als ich ihn kennengelernt habe, fand ich seine Art sehr weltmännisch. Aber mit der Zeit konnte ich sie immer weniger leiden. Verdammt ... da muss ich ihn erst mit einer anderen Frau erwischen, um festzustellen, dass ich die letzten beiden Jahre an einen Idioten verschwendet habe.“ Voller Selbstmitleid biss sie sich auf die Lippen.

„Er ist kein Idiot, sondern ein blöder Wichser. Ein geschniegelter Schnösel, der sich für etwas Besseres gehalten hat.“

Trotz ihrer düsteren Stimmung gluckste Kate kurz auf, weil Lucy sich dermaßen aufregte. „Der Eindruck des geschniegelten Schnösels täuscht. Manchmal hat er tagelang seine Unterwäsche nicht gewechselt.

Außerdem habe ich ihn einmal beim Masturbieren auf der Couch erwischt, als er im Wohnzimmer ferngesehen hat."

„Was?!" Lucy verzog angewidert das Gesicht. „Auf der Couch musste ich übernachten!" Sie schüttelte sich vor Abscheu. „Was hat er eigentlich mit dieser Couch?"

„Ich schätze, dass er seine Eltern irgendwann im Bett überrascht hat und deshalb so versessen darauf ist, es auf der Couch zu tun anstatt im Bett."

Das reizte Lucy zum Lachen. „Viel interessanter ist es allerdings, was er sich beim Masturbieren für eine Fernsehsendung reingezogen hat!"

Kate öffnete schon den Mund, um zu erzählen, dass es eine Kochsendung gewesen war, als hinter ihr die Tür aufging. Neugierig drehte sie sich um und sah Jake mit Hugh hereinkommen. Prompt verging ihr der Spaß.

Hugh dagegen schien regelrecht erheitert zu sein und betrachtete sie eingehend. Innerlich wand sie sich, denn er traf sie schon wieder in einer furchtbaren Situation an – ungeschminkt, in bequemen Klamotten und leicht angetrunken – während sie mit Lucy über

Steven herzog. Er dagegen wirkte wie aus einem Modekatalog entsprungen. Mit den verwaschenen Jeans, dem dunkelblau karierten Hemd und einer braunen Lederjacke, die seinen muskulösen Oberkörper betonte, strahlte er vor Lässigkeit. Kate knirschte innerlich mit den Zähnen, weil es unfair war, dass er heute noch besser aussah als früher.

„Was ist, Kate?“ Lucy drehte sich ebenfalls um und sah ihren Mann im Eingang stehen. „Jake, was tust du denn hier? Wer zum Teufel ist bei Judy?“

„Deine Mom“, grinsend legte er die Arme um sie und küsste sie auf den Mund. Ein Blick auf die geleerten Schnapsgläser ließ ihn grinsen. „Hugh kam vorbei, um sich zu mir zu gesellen. Eigentlich wollten wir ein Basketballspiel im Fernsehen anschauen, aber deine Mom tauchte auf und zwang uns dazu auszugehen.“

„Soso“, Lucy sah ihn misstrauisch an. „Ihr könnt euch nicht zu uns setzen … wir lästern über Männer.“

Jake und Hugh sahen Ted an, der gar nicht glücklich schien. Kate konnte nur raten, aber sie ging davon aus, dass er hinter seiner Theke mehr von ihrem Gespräch mitbekommen hatte, als ihm lieb war.

„Okay“, Hugh setzte sich zwei Hocker entfernt hin und bestellte zwei Biere. Jake küsste seine Frau und gesellte sich zu Hugh.

„Jetzt sag mir bitte nicht, dass Jake mit Hugh befreundet ist.“

Lucy nippte an ihrem Bier und nickte unbehaglich. „Doch.“

„Super.“

„Wo waren wir stehen geblieben?“ Lucy runzelte angestrengt die Stirn. Ihr Ablenkungsmanöver funktionierte jedoch nicht.

„Warum hast du mir eigentlich nie erzählt, dass Hugh wieder in der Stadt ist?“

Seufzend legte sie den Kopf schief. „Da du nie nach Hailsboro gekommen bist, habe ich es nicht erwähnt, um keine alten Wunden aufzureißen.“

„Eine kleine Vorwarnung wäre sehr nett gewesen“, zischte Kate.

„Hey!“ Lucy runzelte die Stirn. „Ich wusste doch nicht, dass du herkommen wolltest!“

Genau in diesem Moment stellte ihnen Ted zwei weitere Biergläser hin.

„Wir haben nichts bestellt, Ted."

„Die kommen von den beiden Gentlemen", er deutete auf Hugh und Jake, die nur zwei Plätze von ihnen entfernt an der Theke saßen.

„Danke, Gentlemen", brüllte Lucy amüsiert und warf ihrem Göttergatten einen imaginären Kuss zu.

Kate ignorierte die beiden Männer – vor allem den dunkelhaarigen Mann, der sich einmal mehr auf ihre Kosten amüsierte. Sie wich seinem Blick aus und entschuldigte sich bei Lucy, um auf die Toilette zu gehen.

Als sie wiederkam, stellte sie mit Entsetzen fest, dass Lucy mittlerweile zwischen den beiden Männern saß und sich köstlich amüsierte, da sie über etwas lachte, das Hugh gerade von sich gab.

Überrumpelt wusste Kate nicht, was sie tun sollte. Einerseits wollte sie sich nicht dazu gesellen, zumal sie sich neben Hugh hätte setzen müssen, andererseits war sie zu stolz, um den Rückzug anzutreten. Hugh Lindsay sollte nicht glauben, dass sie vor ihm floh. Also straffte sie die Schultern und trat an die Theke.

„Was ist denn so komisch?“

Lucy gluckste. „Hugh hat heute einen Schüler mit einem Joint erwischt.“

„Und das soll komisch sein?“ Kate hob beide Augenbrauen hoch und begegnete seinem funkelnden Blick, als er sich zu ihr drehte.

„Das vermeintliche Gras war Oregano.“

Sie wusste wirklich nicht, warum sie hier blieb und mit ihm sprach, aber sie setzte sich neben ihn auf den Barhocker und fragte: „Hatte er es seiner Mutter aus dem Gewürzschrank gestohlen?“

Hugh prustete vergnügt. „Irgendein Komiker verkauft in der Umgebung Oregano als Gras. Ich bin gespannt, wann er erwischt wird.“

„Ich habe Jake erst vor ein paar Tagen erzählt, wie wir auf Susan Buchanans Party einen Joint geraucht und anschließend gekotzt haben.“

„Ihr habt gekotzt“, Hugh deutete auf die beiden Frauen. „Und zwar in mein Auto. Den Gestank bin ich nie wieder losgeworden. Außerdem hat mich Kates

Großmutter beinahe geviertteilt, weil euch sterbenselend war, als ich euch zu Kate nach Hause gebracht habe. Ich habe mich wochenlang nicht mehr in die Bäckerei getraut, weil ich Angst vor ihr hatte."

Lucy, dieses Schandmaul, schmiegte sich an ihren Mann, der einen Arm um ihren Rücken gelegt hatte, und verkündete belustigt. „Wenn dir dein Leben lieb ist, solltest du auch jetzt einen Bogen um Bessies Bäckerei machen, Hugh. Sie ist momentan nicht gut auf dich zu sprechen."

Ratlos verzog Hugh das Gesicht. „Wieso das denn?"

„Lucy, halt die Klappe", zischte Kate aufgebracht und erntete prompt einen fragenden Blick von Hugh.

„Kennst du den neusten Klatsch etwa noch nicht?"

Dafür würde Lucy büßen, schwor sich Kate und warf ihrer angeblich besten Freundin einen warnenden Blick zu.

Jake bemerkte die wortlose Kommunikation zwischen den beiden Frauen. „Mädels, jetzt bin ich rasend neugierig geworden."

„Ich auch", Hugh lehnte sich zurück und fixierte Kate mit einem lächelnden Gesicht.

Sie ballte kurz die Hände zu Fäusten und verschränkte anschließend die Arme vor der Brust. „Alma Steiner hat Bessie heute erzählt, wie du damals nach Huntsville gefahren bist, um Kondome für uns zu kaufen."

Er gluckste amüsiert. „Was?"

„Das ist überhaupt nicht komisch, Hugh. Grandma war völlig außer sich, als sie erfuhr, dass ... dass wir ..."

„Dass wir zusammen die Jungfräulichkeit verloren haben?"

Hitze stieg ihr in die Wangen. „Genau", blökte sie.

Jake kringelte sich vor Lachen. „Nicht auszudenken, dass ich einmal geglaubt habe, das Leben in einer Kleinstadt sei langweilig."

Nun wieherte auch Hugh vor Lachen.

„Warum lachst du so?", empörte sich Kate. „Es war peinlich, mich vor den schlimmsten Klatschweibern der Stadt rechtfertigen zu müssen und über mein Sexleben zu sprechen."

„Kate, damals waren wir sechzehn Jahre alt!"

„Danke, das weiß ich auch!“ Sie seufzte nun merklich ruhiger. „Aber Bessie hat es nicht gewusst.“

„Deine Grandma ist verdammt cool …“

„Gratisplätzchen wirst du dir für eine ganze Zeit abschminken können“, ätzte Kate an Hugh gewandt.

„Warum das denn?“ Sein entsetzter Gesichtsausdruck erheiterte sie ziemlich.

Nun war es an Kate, teuflisch zu grinsen. „Du, der angebliche Musterknabe, hast ihre unschuldige Enkelin entjungfert, ohne mit ihr verheiratet gewesen zu sein.“

„Oh fuck“, murmelte er und warf ihr einen beinahe beschämten Blick zu. „Warum musste Alma bloß die Klappe so weit aufreißen?“

„Ich denke, sie wollte es nur anmerken, um meinen liederlichen Charakter vorzuführen.“

Schalk blitzte in seinen Augen auf und warnte sie.

„Hugh …“

„Ich erinnere mich tatsächlich an einige Momente …“

„Gleich werfe ich dir das Bierglas an den Kopf“, zischte sie.

Nicht im Mindesten eingeschüchtert grinste er, während Jake amüsiert wissen wollte: „Einzelheiten!“

„Lass sie in Ruhe“, verteidigte nun auch Lucy ihre beste Freundin. „Das erste Mal ist bei niemandem besonders berauschend.“

„Das hat Kate gesagt?“ Hugh blinzelte Kate verstört an.

„Lucy!“ Am liebsten hätte sie Lucy gewürgt. „Sei endlich still!“

„*Was* hat Kate denn Interessantes über unser erstes Mal erzählt?“ Hugh schien zwischen Neugier und Unbehagen zu schwanken.

Lucy schnaubte. „Von dir hätte ich etwas Stilvolleres als den Holzboden der Fischerhütte deines Dads erwartet, Hugh!“

„Oh je“, lachte Jake.

Hugh starrte Kate fassungslos an.

Sie wand sich vor Verlegenheit. „Schau’ mich nicht so an!“

„Du hast Lucy tatsächlich von unserem ersten Sex erzählt?“ Er lehnte sich etwas zu ihr und musterte sie eindringlich. Angesichts seiner interessierten Miene musste sie schlucken, schließlich waren sie sich einmal sehr nahe gewesen.

Damals hatte sie Lucy unter dem Siegel der Verschwiegenheit berichtet, dass Hugh und sie es zum ersten Mal getan hatten. Außerdem hatte sie es bei weitem nicht so dargestellt, wie Lucy es nun beschrieb. Tatsächlich war sie hin und weg gewesen, weil Hugh es sehr romantisch gestaltet hatte mit Rosenblättern, Kerzen und einem Dutzend Decken. Sie wollte es zwar nicht wahrhaben, aber damals hätte sie mit niemandem außer mit Hugh die Jungfräulichkeit verlieren wollen. Sie war schrecklich verliebt gewesen und hatte ihm wie keinem anderen Menschen auf der Welt vertraut. Es war auch gar nicht so sehr um den Sex gegangen, sondern um das besondere Gefühl der Nähe und Vertrautheit zwischen ihnen. Die Erinnerung an seine tröstliche Umarmung schlich sich ungebeten in ihren Kopf, während er sie mit seinen grünen Augen anstarrte. Das hatte ihr noch gefehlt!

„Lucy, du hast es nicht anders gewollt“, sie wandte sich an Jake. „Hat sie dir schon von ihrem Sextraum mit Fred von der Tankstelle berichtet?“

„Kate!“

Die beiden Männer lachten auf, während Lucy wie eine Tomate errötete und maulte. „Du bist unmöglich, Kate!“

„Dito!“

Kate schaute versehentlich nach links und begegnete Hughs Blick. Er grinste sie an und Kate grinste zurück.

4. Kapitel 1997

Verschlafen trottete Hugh in die Küche und gähnte seine Mom an, die damit beschäftigt war, Kekse zu backen. Er hatte lange vor dem Fernseher gehangen und war erst mitten in der Nacht ins Bett gegangen. Seine Mom konnte nichts dagegen sagen, schließlich waren Ferien und da durfte er so lange aufbleiben, wie er wollte.

Er schnappte sich einen Keks und setzte sich auf einen Hocker, während er seine Mom beobachtete, die ein neues Blech in den Ofen schob. „Wofür backst du so viele Kekse, Mom?“

„Für den Basar“, sie blickte ihn an und schüttelte den Kopf. „Wann warst du im Bett, junger Mann?“

Hugh kaute den köstlichen Keks und zuckte mit der Schulter. Seine Mom schnaubte, sagte jedoch nichts, sondern stellte ihm ein Glas mit Orangensaft hin.

„Hast du heute etwas vor?“

„Mhh“, antwortete er und starrte gelangweilt vor sich hin.

„In den letzten Wochen war wirklich nichts mit dir los“, seine Mom seufzte schwer. „Wenn du nur Trübsal blasen willst, hättest du dir auch einen Ferienjob zulegen können, Hugh.“

„Ich hatte Footballtraining.“

„Ich weiß“, genervt verdrehte sie die Augen. „Ach, vielleicht interessiert es dich ja, dass Kate wieder aus Arizona zurück ist und ...“

„Was!“ Sofort saß Hugh kerzengerade auf seinem Hocker und starrte sie an. „Kate ist wieder da?“

„Sie ist gestern spät am Abend zurückgekommen und ...“

„Warum hast du mir das denn nicht gesagt?“ Vorwurfsvoll sah er seine Mom an, bevor er vom Hocker sprang und zum Telefon an der Wand eilte. Hektisch wählte er eine Nummer, um dann ganz cool und gelassen zu sagen. „Hallo, Mrs. Hammond. Hier ist Hugh. Ist Kate zu sprechen? Danke!“

Er ignorierte den amüsierten Blick seiner Mom und drehte ihr den Rücken zu. Es war ja wohl nicht zu viel verlangt, ein bisschen Privatsphäre zu haben, wenn man vierzehn war und eine total neugierige Mutter hatte, dachte er genervt und lauschte aufgeregt den Geräuschen am anderen Ende der Leitung. Sobald er Kates Stimme hörte, machte sich pure Erleichterung in ihm breit.

„Hi, Hugh!“

„Hi, Kate! Du bist wieder zurück?“

„Ja, ich bin gestern Abend zurückgekommen. Ich muss dir soooo viel erzählen, Hugh! Du hast nicht zufällig heute Zeit? Ich möchte unbedingt zum See ...“

„Klar habe ich Zeit“, unterbrach er sie freudestrahlend. „Sollen wir uns gleich treffen?“

„Super! In einer halben Stunde am Bootssteg?“

„Toll“, erwiderte er glücklich. „Ich bringe Kekse mit!“

Er legte auf und fegte durch die Küche, weil er noch unter die Dusche springen wollte.

Seine Mom rief ihm hinterher: „Wie geht es Kate?“

„Gut! Kannst du uns Kekse einpacken, Mom? Danke!“ Er achtete gar nicht darauf, was sie antwortete, sondern stürmte die Treppen zu seinem Zimmer hoch.

Kurze Zeit später fuhr Hugh mit seinem Fahrrad den Weg zum See hinunter und sah, dass Kate bereits da war. Sie saß auf dem Bootssteg und ließ die Beine ins Wasser baumeln, während ihr Rucksack hinter ihr lag. Als sie sah, dass er sein Rad neben ihres ins Gras legte und den Steg entlang kam, winkte sie aufgeregt. Hugh fühlte plötzlich Herzrasen und ein Kribbeln im Bauch, während er sie betrachtete und sich eingestand, dass er sie vermisst hatte. Nur wenige Tage vor seinem Geburtstag war sie nach Arizona abgereist und auch an ihrem Geburtstag vor drei Wochen war sie nicht da gewesen. Seit er denken konnte, hatten sie immer ihre Geburtstage miteinander gefeiert – da war es doch normal, dass er sie vermisst hatte, oder? Sie sah anders aus, überlegte er, als er immer näher kam. Ihr Haar war kürzer, das Gesicht brauner und überhaupt sah sie anders aus als sonst.

„Hi, Hugh!" Lachend ließ sie sich von ihm hochziehen, als er angekommen war, und schloss ihn fest in die Arme. Hugh kam sich komisch vor und erwiderte die Umarmung ungelenk.

„Hi, Kate."

„Oh Mann, ich hab den See total vermisst! Bei Dad gibt es keinen See. Stell dir das vor! Zwei lange Monate ohne einen See im Sommer – und das in Arizona! Na ja, mein Dad hat einen Pool gekauft und im Garten aufgestellt. Aber das ist nicht dasselbe. Da kann man sich nur abkühlen, aber nicht schwimmen."

„Ähh ... gut siehst du aus ... jetzt echt."

„Danke!" Grinsend fuhr sie sich durch ihr braunes Haar, das sie jetzt kürzer trug. „In der letzten Woche habe ich Mom angerufen und gefragt, ob ich es schneiden darf. Corinne ist mit mir dann in eine Mall gefahren, wo ich es hab' schneiden lassen. Gefällt es dir wirklich?"

Hugh nickte und musterte sie unauffällig. Sie sah gar nicht mehr aus wie Kate, die vor Wochen nach Arizona geflogen war, um ihren Dad und ihre Stiefmutter zu besuchen. Sie wirkte viel erwachsener.

„Sogar Grandma mag meine neue Frisur, obwohl sie eigentlich längere Haare besser findet."

„Ich mag es", erklärte er verlegen und legte seinen Rucksack ebenfalls auf den Steg.

„Cool", Kate lächelte. „Hast du Lust, zuerst eine Runde zu schwimmen? Seit vorgestern denke ich nur daran, endlich in den See zu springen!"

Während er aus seinen Turnschuhen schlüpfte, musste er irritiert beobachten, wie Kate ihr T-Shirt über den Kopf zog, aus ihren Shorts schlüpfte und jauchzend in den See hopste. Er hatte nicht richtig gesehen, entschied Hugh mit offenem Mund. Das war nicht Kate!

Kate hatte schließlich keinen Busen und ganz sicher trug sie keinem knappen Bikini. Kate war vorne und hinten flach – außerdem trug sie beim Schwimmen immer einen blauen Badeanzug und hatte ihr langes Haar zu einem dicken Zopf geflochten, um keine Knoten zu bekommen.

„Komm endlich rein“, rief sie ihm entgegen, als sie prustend auftauchte. Hugh gehorchte, auch wenn ihm die Stimme versagte.

Eine halbe Stunde später hatte sich Hugh immer noch nicht an Kates neuen Anblick gewöhnt, während beide nebeneinander auf dem Steg lagen und sich von der Sonne trocknen ließen. Verstohlen blickte er nach rechts und betrachtete seine beste Freundin, die ihm aufgekratzt von der Zeit bei ihrem Dad berichtete. Sie trug diesen weiß und rot gemusterten Bikini, ihr nasses

Haar kringelte sich leicht und ihre Haut glitzerte ein wenig im Sonnenlicht. Noch vor wenigen Wochen hatte sie völlig anders ausgesehen! Jetzt füllte ein richtiger Busen den Bikini aus, sie hatte weiche Hüften und einen wirklich tollen Po, wie ihm aufgefallen war, als sie vor ihm aus dem Wasser gestiegen war. Außerdem war ihr Gesicht auch nicht mehr so kindlich frech, sondern hatte etwas definitiv Hübsches an sich. Hugh machte sich jedenfalls mehr Gedanken über Kate und ihre Verwandlung, als es ihn eigentlich beschäftigen sollte, entscheid er unwirsch.

Kate war seine beste Freundin, sein Kumpel! Okay, sie war ein Mädchen, aber die meisten Mädchen, die er kannte, waren zickig und weinerlich. Nun ja, er hatte Kate auch schon weinen sehen – aber das war etwas anderes gewesen. Natürlich waren manche Mädchen auch interessant. Schließlich war er inzwischen vierzehn und fand einige Mädchen an der Schule hübsch und süß, aber doch nicht Kate! Gina Kerr, die zwei Stufen über ihnen war, die war wirklich heiß! Die Jungs redeten pausenlos über sie. Hugh hatte selbst schon das eine oder andere Mal überlegt, wie Gina wohl nackt aussah, aber bei Kate war er nie auf solche Gedanken gekommen – bis jetzt. Wieder blickte er verstohlen zu ihr und beobachtete, wie sie lachte und ihre Grübchen dadurch sichtbar wurden. Sein Blick schweifte etwas tiefer auf ihren Busen.

„Corinne ist wirklich lieb. Dabei hatte ich echt Angst vor ihr." Kate seufzte und blickte ihn an.

Hugh sah ihr schnell in die Augen. „Ist doch schön."

„Finde ich auch." Lächelnd erklärte sie. „Ihr Neffe Luke kam uns für eine Woche besuchen. Wir waren alle zusammen campen. Luke und ich durften sogar den Jeep mal fahren."

„Echt?"

Kate nickte. „Das war echt krass. Für mich war es aber aufregender als für Luke. Er macht in zwei Monaten seinen Führerschein."

Plötzlich bemerkte Hugh eine Gefühlsregung, die ihm bis dahin fremd gewesen war. Wenn er es nicht besser wüsste, hätte er es für Eifersucht gehalten. „Aha."

„Stell dir vor! Mir hat er erzählt, dass er von seinem Dad sogar ein Auto geschenkt bekommt.“

„Mhh, toll.“

„Ist etwas, Hugh?“ Stirnrunzelnd sah sie ihn an.

„Hört sich ja nicht an, als hätte ich dir gefehlt.“ Gegen die finstere Miene auf seinem Gesicht konnte er nichts tun und starrte sie ein wenig missmutig an. Während sie ihren Spaß mit Luke gehabt hatte, war ihm ganz elend gewesen, weil er sie vermisst hatte. Das waren die schlimmsten Sommerferien gewesen, die er jemals erlebt hatte, aber Kate hatte anscheinend den Sommer ihres Lebens gehabt.

Kate drehte sich plötzlich auf die Seite und griff nach seiner Hand. „So ein Unsinn! Du hast mir wahnsinnig gefehlt, Hugh.“ Mit treuen Augen sah sie ihn an und hielt seine Hand fest. „Ständig habe ich nur von dir erzählt – wirklich.“

„Wirklich?“

Sie nickte und errötete sogar, obwohl sie lächeln musste. „Alle haben mich gefragt ... das war wirklich zu komisch, Hugh ... mein Dad, Corinne, Corinnes beste Freundin Myra, Dads Kumpel Alex und Luke haben mich nach dir gefragt."

Fragend sah er sie an und drehte sich ebenfalls auf die Seite, um sie anzuschauen. „Wieso? Was haben sie denn gefragt?"

„Sie haben mich gefragt, ob du mein Freund wärst, weil ich ständig nur von dir gesprochen habe." Amüsiert legte sie den Kopf schief. „Du siehst also, dass ich dich nicht vergessen habe."

Hugh überraschte sie und sich selbst, als er sich plötzlich zu ihr beugte und sie auf den Mund küsste. Erschrocken fuhren sie gleich darauf auseinander und setzten sich auf.

„Entschuldige", verlegen rutschte er etwas zurück.

Kate sah ihn immer noch entgeistert an und berührte flüchtig ihre Lippen mit der Hand.

„Warum hast du das gemacht?" Ihre Stimme klang neugierig.

„Ich weiß nicht", peinlich berührt zuckte er mit der Schulter.

Entschlossen rutschte nun Kate auf Hugh zu und beugte sich zu ihm, um ihn zu küssen. Anders als bei dem ersten flüchtigen Schmatzer, verharrten ihre Lippen länger aufeinander, bis Kate den Kuss beendete und sich zurücklehnte. Hugh legte den Kopf ein wenig schief und fragte ernst. „Und warum hast du mich geküsst?“

„Nun ja“, verlegen lächelnd sah sie auf den Boden und fuhr mit dem Zeigefinger über das Holz des Bootssteges. „Ich wollte einfach wissen, wie das ist.“

„Das Küssen?“

„Mhh“, sie nickte. „Es war mein erster Kuss.“

Er fuhr sich mit der Zunge über die Lippen. „Meiner auch.“

„Oh“, sie sah ihm überrascht ins Gesicht und lächelte erfreut.

Hugh rutschte leicht nervös hin und her. „Wie ... wie war ... es denn?“

In freundschaftlicher Offenheit erklärte sie. „Ganz okay. Aber ich denke nicht, dass wir es richtig gemacht haben.“ Seufzend hob sie die Schulter an. „In Filmen küssen sie sich anders – mit offenem Mund.“

Hugh nickte. „Mom und Dad küssen auch so – mit offenem Mund, meine ich.“ Er erklärte unsicher. „Vor den Sommerferien hat Brad Turner in der Umkleide erzählt, er hätte Sammy Marks geküsst – mit Zunge."

„Brad Turner hat Sammy Marks mit Zunge geküsst", fragte Kate neugierig und rutschte wieder näher. „Erzähl!"

Da er wusste, dass Kate es nicht ausplaudern würde, erzählte er vorbehaltlos, dass Brad und Sammy hinter der Sporthalle rumgeknutscht hatten.

„Stacy Vanderkamp und Shane McGunty haben auf Charlotte Dunns Geburtstagfeier in der Abstellkammer rumgeknutscht", vertraute Kate ihm an. „Ich hab es von Lucy gehört, die auf der Party war."

„Mit Stacy Vanderkamp?" Ihn schauderte, da Stacy die Angewohnheit hatte, sich im Sommer mit Insektenspray einzuparfümieren.

„Mit Shane McGunty!" Kate machte ein Würgegeräusch, was Hugh nachvollziehen konnte, da Shane McGunty eine feste Zahnspange hatte, in der sich immer Essensreste ansammelten, und er ständig nach Zwiebeln roch.

„Igitt, ich würde nicht wollen, dass Shane McGunty mich küsst – schon gar nicht mit offenem Mund!“

Inbrünstig nickte Hugh, weil er niemals Stacy Vanderkamp küssen wollte.

„Kate?“ Unsicher blickte er sie an.

„Ja?“

Hugh spürte, wie er rot wurde. „Sollen wir uns mit offenem Mund küssen?“

„Ähh ... okay“, verlegen biss sie sich auf die Lippe, während Hugh näher zu ihr rutschte und sich dann zu ihr beugte. Mit klopfendem Herzen schloss er die Augen und senkte seinen Mund auf ihren. Er fühlte ihre Lippen auf seinen, die sich unter dem sanften Druck seines Mundes ein wenig öffneten. Zögerlich tastete sich seine Zunge eine Weile später heran, was sie ermutigte, ihm nachzueifern. Es gefiel ihm, Kate mit offenem Mund zu küssen. Es war gar nicht eklig, sondern schön, und sie schmeckte überhaupt nicht nach Zwiebeln, sondern nach den leckeren Keksen seiner Mom und nach ... sie schmeckte nach Kate.

Als er dann auch noch ihre Arme spürte, die sich zaghaft um seinen Hals schlangen, während sie sich an ihn schmiegte, war es um ihn geschehen.

Atemlos rückten sie später auseinander und lächelten sich verlegen an, bevor sie sich nebeneinander auf den Rücken legten, in den Himmel starrten, die Kekse aßen und über die restlichen Sommerferien sprachen. Auf dem Weg nach Hause schoben sie ihre Fahrräder. Für Hugh war es völlig selbstverständlich, Kates Hand zu nehmen und den ganzen Weg nicht loszulassen.

5. Kapitel

„Was läuft da eigentlich zwischen dir und Hugh?“

Kate drehte den Kopf verwirrt zu Lucy herum, die ihr gerade half, Torten und Kuchen auf dem langen Tisch zu verteilen, der für das Buffet des Herbstfestes in der Gemeindehalle aufgestellt worden war. Bessie hatte auch in diesem Jahr ohne Unterlass gebacken, um die Stadtbewohner mit Torten zu verköstigen. Viel Arbeit war vor allem an Kate hängen geblieben, die nun noch die restlichen Torten aufstellen musste, während bereits die ersten Gäste erschienen. Von den verschiedenen Festen hatte sie bisher nie viel gehalten, obwohl sie zugeben musste, dass die Räume sehr schön geschmückt waren, Tische und Stühle bereitstanden, und sogar eine Band auf der Bühne stand, die für die Musik zuständig war.

Sie sah zu Lucy, die sie erwartungsvoll anschaute.

„Nichts läuft zwischen uns.“

„Das kannst du dem Weihnachtsmann erzählen“, schnaubte Lucy. „Alle sind völlig aus dem Häuschen wegen euch …“

„Oh bitte“, Kate schüttelte abwehrend den Kopf. „Komm mir nicht schon wieder mit einem absurden Gerücht an.“

„Mit einem Gerücht hat es wohl nicht viel zu tun, wenn man bedenkt, dass ihr ständig zusammen gesehen werdet, er dich in der Konditorei besucht …“

„Du scheinst ja bestens informiert zu sein, Lucy.“

„Komm schon, du bist meine Freundin, da darf ich ja wohl neugierig sein.“

Sie sagte das so entrüstet, dass Kate lachen musste.

„Wirklich, Kate. Ich verstehe deinen Sinneswandel nicht, auch wenn er mir gefällt.“

„Welchen Sinneswandel?“, fragte Kate ehrlich verwirrt.

Lucy schnaubte. „Noch vor einem Monat hast du Gift und Galle gespuckt, wenn das Thema auf Hugh kam, aber plötzlich seid ihr ein Herz und eine Seele.“

„Du übertreibst mal wieder maßlos.“ Kate arrangierte eine Etagere mit bunten Cupcakes. „Außerdem treffe ich mich nicht mit ihm. Manchmal kommt er in die Bäckerei, um Gebäck für sein Team zu kaufen ...“

„Ach! Und dass du am Freitag auf der Tribüne saßt, um dir das Spiel der Highschoolmannschaft anzuschauen, bevor du mit ihm Billard gespielt hast, war auch nichts Besonderes, oder was?"

„Das hat sich einfach so ergeben, Lucy, und war keine große Sache."

Lucy verengte misstrauisch die Augen und starrte sie so durchdringend an, dass Kate das Bedürfnis verspürte, sich vor ihrer besten Freundin wie ein erwischter Teenager zu rechtfertigen.

„Mir war langweilig, deshalb habe ich mir das Spiel angesehen. Anschließend hatte ich keine Lust, sofort nach Hause zu gehen, weil Bessie einen Heimatfilmmarathon angekündigt hatte. Daher klang Hughs Vorschlag nach einer Billardpartie und einem Bier gar nicht schlecht."

Ihre Freundin blieb misstrauisch. „Willst du mir wirklich weismachen, dass du einfach so auf ein Billardspiel und ein Bier mit Hugh unterwegs warst?"

„Mensch, Lucy! Wieso tust du plötzlich so überrascht? Seit dem Abend, als wir beide Jake und

Hugh bei Ted begegnet sind, lässt du keine Gelegenheit aus, um mich zufällig auf Hugh treffen zu lassen ..."

„Das stimmt überhaupt nicht!"

„Nein? Wir beide wollten uns am letzten Dienstag einen Film im Kino anschauen, als ganz überraschend Jake und Hugh auftauchten. Oder was war mit dem Mittagessen im Diner, als wir auf dem Rückweg zur Highschool fahren mussten, weil du Hugh eine elektrische Luftpumpe zurückgeben wolltest, die sich Jake von ihm geliehen hatte? Am besten fand ich jedoch eure Aktion, als ihr sowohl Hugh als auch mich unabhängig voneinander um einen Babysitterdienst gefragt habt und dann völlig ahnungslos ward, als wir beide vor eurer Tür standen. Hugh und ich sind nicht dumm."

„Anscheinend funktioniert es", grinste Lucy reuelos.

Kate richtete sich auf und verschränkte die Arme vor der Brust. „Du hattest während der Highschoolzeit kein Talent als Kupplerin und hast es auch jetzt nicht, Lucy. Hugh und ich sind kein Paar."

„Aber ..."

„Bestenfalls sind wir so eine Art Freunde."

„Freunde?"

Seufzend rieb Kate ihre Lippen aneinander. „Wenn überhaupt. Hugh war achtzehn Jahre lang mein bester Freund. Auch wenn ich mir geschworen habe, ihn nie wiederzusehen, verstehen wir uns auf platonische Weise immer noch ganz gut."

„Also hast du ihm verziehen?"

Kate blinzelte. „Das hat damit nichts zu tun. Damals waren wir Kinder und jetzt sind wir erwachsen. Ich habe eingesehen, dass es albern wäre, ihm weiterhin aus dem Weg zu gehen. Solange wir uns verstehen, sehe ich keinen Grund, der dagegen spricht, ihn auf ein Bier zu treffen. Also mach nicht so ein Fass daraus, Lucy."

Sie blickte auf und betrachtete Lucy, die amüsiert und skeptisch zugleich die Augenbrauen noch oben gezogen hatte. „Was ist?"

„Also willst du sagen, dass du dich nicht von Hugh angezogen fühlst?"

Kate merkte, dass peinliche Röte ihr ins Gesicht stieg.

„Aha!“

„Kein Aha“, widersprach Kate rasch. „Natürlich ist er attraktiv …“

„Attraktiv?“

Kate räusperte sich. „Ja, dem kann ich nicht widersprechen. Außerdem er ist witzig …“

„Witzig?“

„Hör mal, musst du mich immer unterbrechen und mir wie ein Papagei nachsprechen?“

Lucy gluckste vor Lachen. „Schätzchen, und ob da was läuft!“

„Tut es nicht“, ärgerlich seufzte sie auf. „Lucy, da läuft nichts. Wir sind einfach nur befreundet.“

„Glaubst du wirklich, dass ihr *nur* befreundet sein könnt?“

„Warum nicht?“

Nun war es an Lucy, ärgerlich zu seufzen. „Wenn man mal bedenkt, dass du in Hugh unsterblich verliebt warst …“

„Als Teenager!“ Ungläubig schüttelte Kate den Kopf. „Wir waren Kinder.“

„Und dass Hugh vernarrt in dich war, er dir das Herz gebrochen hat …“

Mit einem Seufzen unterbrach sie Lucy. „Worauf willst du hinaus?“

„Auf das Offensichtliche“, Lucy grinste wie ein Honigkuchenpferd. „Du stehst auf ihn und er steht auf dich.“

„Du redest wie damals in der Highschool!“

„Ja, aber nur, weil du ihn anschaust wie ein Teenager mit Hormonüberschuss.“

„Spinn nicht herum!“

„Du brauchst es gar nicht abstreiten“, Lucy schnappte sich einen Muffin und biss in die Glasur. „Erst vorgestern hast du auf seinen Hintern gestarrt.“

„Das habe ich nicht!“

„Abstreiten bringt nichts, denn ich habe es genau gesehen.“

„Ich hatte ewig keinen Sex“, Kate knirschte mit den Zähnen und sah sich rasch um, damit bloß niemand etwas von dieser Unterhaltung mitbekam. „Also wirf mir bitte nicht vor, auf Männerhintern zu starren.“

Lucy grinste wissend.

„Was ich damit sagen wollte, Lucy, ist, dass ich, nur weil ich auf Männerhintern in Jeans starre, nicht beabsichtige, etwas mit Hugh anzufangen."

„Er scheint das anders zu sehen."

„Was!" Schockiert blickte sie Lucy an und bemerkte plötzliche Hitzewallungen in ihrem Bauch. „Wie meinst du das?"

„Plötzlich bist du ja richtig neugierig."

„Verdammt, Lucy!"

„Ist dir nicht aufgefallen, wie er dich anschaut?" Lucy kaute auf ihrem Muffin herum. „Komisch, dass es allen anderen auffällt, nur dir nicht!"

„Wie meinst du das schon wieder?"

Lucy seufzte gottergeben. „Kate, er sieht dich an, als denke er an besonders schmutzige Filme, die nicht jugendfrei sind. Warum, denkst du, sind alle Frauen, die hinter ihm her sind oder ihre Töchter mit ihm verkuppeln wollen, so außer sich?"

Kate hatte plötzlich einen trockenen Mund und starrte Lucy beinahe betäubt an. Sie hatte nicht bemerkt, dass Hugh sie komisch ansah – geschweige denn, dass er dabei an schmutzige Filme zu denken schien.

„Unsinn, das bildest du dir ein."

„Ach, tatsächlich?" Lucy lehnte sich gegen den Tisch. „Kate, lass es doch darauf ankommen."

Kate schüttelte den Kopf. „Ich habe genug von Männergeschichten. Ich habe mir zweimal den Hals gebrochen, was die Liebe betrifft – einmal sogar mit Hugh, auch wenn du es vergessen zu haben scheinst."

„Kate, du bist verdammt zynisch."

„Nein, ich bin ehrlich", sie seufzte und gestand. „Wie sollte ich Hugh noch einmal vertrauen können?"

Lucy sah sie beinahe missbilligend an. „Sei lieber ruhig. Hugh kommt gerade auf uns zu."

Kate fuhr herum und sah Hugh auf sie zukommen. Er hatte seine Händen in den Hosentaschen vergraben und nickte anderen freundlich zu, während er zielstrebig auf sie zu kam. Ganz der Footballtrainer trug er ein graues Sweatshirt seiner Mannschaft und hatte immer noch eine Trillerpfeife um den Hals hängen.

„Mhh … ich geh mal schauen, was die Musik macht."

„Lucy", zischte Kate ihr zu, doch Lucy verschwand gut gelaunt. Kate dagegen wollte jetzt eigentlich nicht mit Hugh reden. Nicht während ihr noch Lucys Worte in den Ohren klangen, dass Hugh sie ansah, als dächte er an schmutzige Filme.

„Hi", er beugte sich vertraut zu ihr und gab ihr einen Kuss auf die Wange. Kate räusperte sich und zwang sich zu einem Lächeln.

„Alles okay bei dir?"

Sie nickte und nahm ein Tablett in die Hände. „Ja, ich habe grad etwas Stress, aber ansonsten ist alles okay."

Er hatte über ihre Schulter gespäht und blickte nun mit großen Augen auf die Torten, Kuchen und andere Köstlichkeiten. Er sah beinahe wie ein kleiner Junge aus, der zum ersten Mal den geschmückten Weihnachtsbaum erblickt hatte. Kate unterdrückte ein Lachen.

„Was ist los?"

„Hast du diese vorzüglichen Kirsch-Kokos-Schoko-Muffins gemacht?"

Ein Glucksen entkam ihrem Mund. „Ja, sind ganz frisch aus dem Ofen. Greif zu.“

Das tat er auch und biss mit einem ekstatischen Ausdruck auf dem Gesicht hinein. Kate betrachtete eingehend, wie er den Muffin verschlang. Sie erinnerte sich an ihren zwölften Geburtstag, als Hugh vorbeigekommen war und ihr einen selbstgebackenen Kuchen geschenkt hatte. Er hatte furchtbar geschmeckt, aber Kate hatte getan, als wäre es das Beste gewesen, was sie je gegessen hatte, um ihn nicht zu verletzen. Wenn sie jetzt darüber nachdachte, war es mehr als liebenswert gewesen, dass ein zwölfjähriger Junge seiner besten Freundin einen Kuchen backte, obwohl er damit überhaupt nichts am Hut hatte. Sie sah den Kuchen mit den verbrannten Rändern noch vor sich, außerdem erinnerte sie sich an sein Gesicht, als sie ein Stück probiert hatte – jung, eifrig, stolz und etwas zögerlich.

Es war schon sehr seltsam, Hugh nun vor sich zu sehen. Damals hatte er Sportschuhe, eine abgeschnittene Jeans und ein Superman-T-Shirt getragen, seine Haare waren von der Sonne sehr hell gewesen und seine Zahnspange hatte sie beinahe geblendet, wenn er lächelte. Heute dagegen erinnerte bis auf das lausbubenhafte Grinsen nichts mehr an den schlaksigen Zwölfjährigen von damals. Sein braunes Haar war mal wieder zerzaust, die hageren Wangen waren von einem Bartschatten bedeckt und seine Augenlider hatten sich gesenkt, während er kaute. Kate hatte immer zu ihm aufschauen müssen, aber mittlerweile wirkte er durch seinen muskulösen Brustkorb und die breiten Schultern nicht mehr wie ein lustiger Teenager, sondern wie ein reifer Erwachsener.

„Ich weiß nicht, wie du das machst“, er sah sie seufzend an. „Aber deine Muffins sind die besten, die ich je gegessen habe.“

„Tatsächlich?“

Er nickte ernst und blickte auf sie herab. „Verrate es bloß nicht deiner Grandma.“

„Werde ich nicht.“ Kate verdrehte die Augen und trat einen Schritt vom Kuchenbuffet zurück.

„Gut zu wissen. Nachdem ich mich endlich wieder in die Bäckerei traue, soll sie nicht einen weiteren Grund haben, mir ein Hausverbot zu erteilen.“

„Du bist ein guter Kunde, Hugh, schließlich kaufst du mehrmals in der Woche Gebäck für ein ganzes Footballteam. So schnell wird sie dir ganz sicher kein Hausverbot erteilen.“

„Puh“, seufzte er gespielt erleichtert.

Als sich Kate bückte, um die Kisten aufzusammeln, in denen sie die Torten und Kuchen transportiert hatte, schubste Hugh sie regelrecht beiseite und nahm ihr die schweren Transportkörbe ab.

„Wo kommen die hin?“

„In mein Auto.“

Sie lief neben ihm her, als er die Kisten nach draußen trug und sie in den Kofferraum ihres Auto stellte.

„Willst du etwa schon gehen?“

Kate schloss den Kofferraum und nickte. „Ich bin um drei Uhr morgens aufgestanden, um alle Kuchen und Torten zu backen. Deshalb bin ich hundemüde.“ Zur Untermalung ihrer Erschöpfung gähnte sie verhalten.

„Kann ich verstehen“, lässig lehnte er sich gegen ihr Auto.

„Außerdem erinnern mich die Stadtfeste immer an den Benimm-Unterricht, den wir früher hatten."

Er grinste sie an und erweckte den Eindruck, als würde er sich genauso wie sie an ihren gemeinsamen Benimm-Kurs erinnern, den beide im Alter von zwölf Jahren absolviert und abgrundtief gehasst hatten. Der Abschluss des Kurses war ein festlicher Abend mit Tanz gewesen, der den häufig stattfindenden Stadtfesten nachempfunden war. Die Kinder und Jugendlichen hatten sich herausgeputzt und gelangweilt, während sie die gelernten Tänze zum Besten geben mussten. Weder Kate noch Hugh hatten Lust darauf gehabt und sich den Abend mit Streichen vertrieben, bis die empörte Kursleiterin Hughs Mom angerufen hatte, damit sie die beiden Störenfriede endlich los wurde.

„Das war unbezahlbar", nickte Hugh feierlich. „Mom war außer sich, als sie uns abholen musste. Weißt du noch, dass sie Lockenwickler in den Haaren hatte?"

Kate konnte nicht anders als aufzulachen. „Oh je, das gab einen Ärger! Zwei Wochen durften wir uns nur in der Schule sehen ..."

„Eine Woche", korrigierte er. „Dad hatte nach einer Woche Mitleid mit mir und hob Moms Verbot auf."

Der Parkplatz vor dem Gemeindehaus war durch mehrere Laternen erhellt, die Schatten auf sein Gesicht warfen. Dennoch konnte sie das Funkeln in seinen Augen sehen.

Kate räusperte sich und senkte den Blick. „Wie geht es deinen Eltern? Bisher habe ich sie noch gar nicht gesehen."

Er verschränkte die Knöchel übereinander. „Beiden geht es gut und sie genießen das Leben, nachdem Dad pensioniert wurde. In den letzten Wochen haben sie eine Rundreise gemacht und sind gestern Abend wiedergekommen."

Neugierig blinzelte sie ihn an. „Was haben Sie eigentlich dazu gesagt, dass du wieder nach Hailsboro gezogen bist?"

„Was wohl?“ Er schnitt eine Grimasse. „Mom war völlig aus dem Häuschen.“

„Vermutlich hat sie dich sofort in dein altes Kinderzimmer einquartiert, oder?“

„Großer Gott“, er schüttelte amüsiert den Kopf. „Ich habe das alte Hendersonhaus am See gekauft. Es musste natürlich renoviert werden, aber nach einigen Monaten war es dann komplett fertig.“

Kate erinnerte sich an das alte Hendersonhaus und seufzte innerlich. Es gab ihrer Meinung nach keine schönere Lage als dort am See. Das Haus war wundervoll und hatte einst Louis Henderson gehört, einem schwerreichen Industriemagnaten, der sich mit seiner jungen Geliebten hier eine prachtvolle Landhausvilla gebaut hatte. Die Lästereien über den alten Millionär und seine um vierzig Jahre jüngere Freundin waren monatelang nicht abgeklungen.

„Komm doch mal vorbei und schau es dir an“, schlug er vor.

„Mhh“, Kate spielte mit ihrem Autoschlüssel herum. „Mal sehen. Grüßt du deine Eltern von mir, wenn du sie das nächste Mal siehst?“

„Ich habe eine bessere Idee“, warf Hugh mit einem Lächeln ein. „Warum kommst du nicht am Samstag zum Essen?“

Erschrocken versenkte sie die Hände in ihren Jackentaschen. „Nein, das ist keine gute Idee.“

„Warum nicht?“, wollte er verwirrt wissen. „Mom und Dad werden dich sicher sehen wollen. Sobald sie wissen, dass du wieder da bist, werden sie dich sowieso einladen.“

Kate schluckte. Die Lindsays waren früher so etwas wie ihre zweite Familie gewesen. Sie erinnerte sich an Pyjama-Partys, Camping im Garten und Hausaufgabenbetreuung seiner Mutter. Nachdem sie mit Hugh Schluss gemacht hatte, war es sehr merkwürdig gewesen, plötzlich nicht mehr zu den Lindsays gehen zu können.

Als hätte er wieder einmal ihre Gedanken gelesen, runzelte er die Stirn und erklärte ruhig. „Sie würden sich bestimmt freuen, Kate, schließlich bist du auch bei uns aufgewachsen.“

Sie wollte Hugh nicht wieder so nah an sich herankommen lassen und hielt es für eine verdammt schlechte Idee, auf Tuchfühlung mit seinen Eltern zu gehen, auch wenn sie sich danach sehnte, seine Eltern endlich wiederzusehen. Dennoch wäre sie lieber auf Abstand zu Hugh gegangen. Selbst dieser harmlose Plausch auf dem Gemeindeparkplatz verwirrte sie, denn eigentlich hatte sie Hugh noch immer nicht verziehen, was er mit achtzehn Jahren getan hatte.

Kate schaute in seine grünen Augen und nickte widerstrebend.

Da Bessie eine Freundin im Nachbarort besuchen wollte, setzte sie Kate am Samstagabend vor dem Haus der Lindsays ab und fuhr anschließend mit Kates Auto weiter, da ihr eigener Wagen in der Werkstatt war. Ein wenig unbehaglich ging Kate über den asphaltierten Weg zur Eingangstür, den sie früher unzählige Male entlanggelaufen war. Kaum hatte sie geklingelt, öffnete bereits Hughs Dad George die Tür und strahlte sie an. Er hatte sich kaum verändert und war lediglich etwas grauer in seinem immer noch vollen Haupthaar geworden. Ansonsten wirkte er genauso wie vor dreizehn Jahren, als sie ihn zum letzten Mal auf der Highschoolabschlussfeier gesehen hatte. Mittlerweile fiel ihr auch die Ähnlichkeit zwischen Hugh und seinem Vater auf, die sie früher nie wirklich bemerkt hatte.

„Kate! Da bist du ja!“ Er drückte sie gutmütig an sich. „Gut siehst du aus, mein Mädchen.“

Bevor sie etwas antworten konnte, zog er sie in das Innere des Hauses und schob sie ein wenig von sich. „Lass dich mal ansehen. Himmel, bist du erwachsen geworden.“

Lächelnd legte sie den Kopf schief. „Vielen Dank für das Kompliment.“

„Hugh hatte Recht“, grinste er.

„Womit?“ Fragend blickte sie ihn an, doch er antwortete nicht und behielt lediglich sein Grinsen bei, als er ihr aus der Jacke half.

Zu gerne hätte sie ihn ausgefragt, was Hugh ihm über sie erzählt hatte, aber plötzlich hörte sie die Stimme von Hughs Mom durch das halbe Haus rufen.

„George? Ist sie da?“

„Ja, Iris“, rief George Lindsay zurück und schob Kate in das lauschige Wohnzimmer hinein, das mittlerweile neue Möbel bekommen hatte.

Iris Lindsay kam aus der ans Wohnzimmer angeschlossenen Küche und eilte auf Kate zu.

„Schätzchen, da bist du ja! Wie freue ich mich, dass du dich bei uns blicken lässt.“ Sie umarmte Kate fest, die komischerweise fast zu Tränen gerührt war.

Iris war etwas größer als Kate, auch wenn sie deutlich fülliger war. Sie strahlte tiefe Zufriedenheit aus und sprudelte vor Energie über. Ihr blondes Haar zeigte noch keine Spuren von Grau, sondern war auch wie früher zu einer perfekten Löwenmähne frisiert.

„Vielen Dank für die Einladung.“

„Das war doch selbstverständlich“, sie tätschelte ihr gutmütig die Hand. „Wir freuen uns sehr, dass du vorbeigekommen bist. Nicht wahr, George?“

„Unbedingt“, erwiderte ihr Mann belustigt.

„Wo ist eigentlich Hugh?“ Iris sah sich ratlos um.

„Ich hatte ihn gebeten, im Garten nach der Brunnenpumpe zu schauen, bevor der Winter kommt.“

„Das hätte doch warten können“, schimpfte Iris und schüttelte mit einem frustrierten Seufzer den Kopf. „Das Essen ist jedenfalls gleich fertig.“

„Soll ich dir helfen?“

„Nein, Schätzchen“, Iris lächelte ihr zu. „Du machst es dir bei uns gemütlich. Für später habe ich schon Fotoalben herausgesucht.“

„Oh je“, flüsterte ihr Mann kaum hörbar.

Kate verkniff sich ein Lächeln.

Kurz darauf kam Hugh durch den Hintereingang ins Haus und wischte sich die Hände an einem Handtuch ab. Genau wie Kate, die wusste, wie ernst die Texaner das sonntägliche Essen nahmen, hatte sich auch Hugh in Schale geworfen. Zu dunklen Hosen trug er ein ordentliches weißes Hemd und hatte sich sogar sein ansonsten widersträubendes Haar gekämmt. Kate dagegen hatte sich für ein dunkelgraues Kleid entschieden, das halblange Ärmel und einen runden Ausschnitt hatte. Dazu trug sie dunkle Strumpfhosen und graue Stiefeletten, die sie in einem Anflug geistiger Umnachtung für sechshundert Dollar bei Jimmy Choo gekauft hatte.

„Die Pumpe habe ich abmontiert, Dad.“ Er blickte auf und entdeckte sie, die neben seinem Vater auf der Couch saß. „Hi, Kate. Du bist ja schon da.“

„Sie ist soeben zur Tür hineingekommen.“

„Gut siehst du aus.“

„Das habe ich ihr auch schon gesagt.“ George nickte und warf Kate ein breites Lächeln zu, das sie erwiderte.

„Danke, Dad, du alter Charmebolzen“, Hugh verdrehte kurz die Augen und setzte sich auf die Lehne eines Sessels, womit er ihr genau gegenüber saß.

Sein Dad lachte dröhnend, bevor er über die Rundreise zu plaudern begann und bald unterbrochen wurde, als Iris sie ins Esszimmer bat. Hugh war ganz der mustergültige Sohn und half seiner Mutter, das Essen auf den Tisch zu stellen und allen Eistee einzuschenken.

Iris war eine wundervolle Köchin, die sich mit einem großartigen Rindsbraten und Unmengen an Beilagen selbst übertroffen hatte. Obwohl es sehr schmackhaft war, schaffte Kate kaum ihre Portion. Hugh dagegen schaufelte sich wie bereits als Teenager die Portion eines ausgewachsenen Gorillas in den Mund.

„Das Essen ist phantastisch, Iris“, lobte Kate ihre Gastgeberin.

„Ja, Mom“, Hugh hatte sich ein weiteres Stück Fleisch in den Mund schieben wollen und grinste stattdessen. „Es schmeckt großartig.“

„Danke“, seine Mutter lächelte selig.

Auch George Lindsay lobte seine Frau und fragte sie interessiert: „Die Möhren schmecken anders als sonst, Liebling. Sehr viel würziger.“

„Ich habe Ingwer hinein getan“, sie blickte in die Runde. „Da fällt mir etwas ein. Habt ihr schon von Glenn MacIntrys Katze gehört?“

„Wie kommst du denn darauf?“

Iris zuckte mit der Schulter. „Als ich das Gemüse gekauft habe, erzählte mir Alma Steiner, dass Glenn sich eine Katze angeschafft hat.“

„Ich dachte, dass Glenn MacIntry eine Tierhaarallergie hat“, Hugh runzelte die Stirn.

„Stimmt“, Kate nickte ihm zu. „Wir waren mit Glenn in einer Grundschulklasse. Irgendjemand brachte seinen Hund mit und Glenn bekam beinahe einen allergischen Schock."

Iris schüttelte den Kopf. „Es ist eine Nacktkatze. Alma meinte, es sei das hässlichste Vieh, das sie jemals gesehen hätte."

Prompt verschluckte sich Kate an ihrem Wein und merkte, dass es Hugh ähnlich ging.

„Eine Nacktkatze?" George schnaubte entrüstet. „Wer legt sich denn bitte eine Nacktkatze an?"

Hugh grinste teuflisch. „Oder soll das ein Synonym für eine Stripperin sein, Mom?"

Seine Mom sah ihn tadelnd an, doch sein Dad lachte schallend. „Glenn ist ein merkwürdiger Zeitgenosse, der nicht ganz richtig im Kopf ist. Ihm würde ich es jedenfalls zutrauen."

Kate senkte den Kopf und unterdrückte ein Lächeln. Es war tatsächlich genauso wie früher, als sie am selben Tisch gesessen und mit den Lindsays zu Mittag gegessen hatte. Nichts hatte sich verändert – abgesehen davon, dass nun über nicht jugendfreie Themen gesprochen wurden.

„Unter uns gesprochen, Glenn wurde von seinem Dad als Teenager in einer sehr delikaten Situation erwischt“, George hatte eine ernste Miene aufgesetzt.

„Woher willst du das denn wissen?“

„Iris, sein Dad war jahrelang mein Kunde und schüttete mir manchmal sein Herz aus.“

Da George Lindsay landwirtschaftliche Geräte verkauft hatte, musste die Not von Glenns Vater ziemlich groß gewesen sein, entschied Kate.

„Was für eine delikate Situation?“ Hughs Neugier war nicht zu übersehen.

„Hugh, also wirklich“, schimpfte seine Mom.

„Ich verrate keine Einzelheiten, aber Glenns Ausrede lautete, er sei zufällig und ganz versehentlich auf die Flasche *gefallen*.“

„Auf die Flasche gefallen?“ Iris runzelte ratlos die Stirn, während Hugh und Kate in Lachen ausbrachen.

George Lindsay starrte seine Frau durchdringend an. „Ja, Iris. Mit welchen Körperöffnungen kann ein Mann auf eine Flasche fallen, hm?“

„Ich verstehe nicht, wie ... oh.“

Das entsetzte Gesicht ihrer Gastgeberin reizte Kate zu weiteren Lachsalven.

Nach einigen Minuten, in denen über peinliche Begebenheiten anderer Stadtbewohner gesprochen wurde, fragte Iris Kate mit sorgenvoller Stimme: „Schätzchen, Alma hat mir auch von deiner schlimmen Zeit erzählt. Wie gut, dass du zu deiner Großmutter gefahren bist, um dich hier zu erholen."

Einmal mehr verfluchte Kate das Klatschweib Alma Steiner und spürte den fragenden Blick von Hugh, der sie über die reich gedeckte Tischplatte anstarrte. Sie hatte nicht gewollt, dass er von dem Desaster erfuhr, das sie in Los Angeles hinter sich gelassen hatte.

„Mhh ... ja." Seufzend hob sie den Blick und sah in die besorgten Augen ihrer Gastgeberin. „Danke für deine Sorge, Iris, aber mir geht es gut."

„Dennoch, mein Schatz. Manche Männer benehmen sich so schäbig. Ich will mir gar nicht vorstellen, wie du dich gefühlt hast, als du deinen Verlobten erwischt hast."

Kate schluckte hart und ignorierte Hughs Blick, der zwei Löcher in ihre Schädeldecke zu brennen schien. Sie hätte Iris gerne ihr Herz ausgeschüttet, aber das sollte nicht vor den Augen ihres Sohnes geschehen. Bisher war er davon ausgegangen, dass sie Bessie besuchte und ihr zur Hand ging. Dabei hätte es bleiben sollen. Sie wollte einfach nicht, dass er über Steven Bescheid wusste, schließlich hatte auch sie etwas Stolz!

„Wenn es dir nichts ausmacht, Iris, würde ich das einfach vergessen."

„Natürlich, Liebling", erwiderte sie begütigend.

„Das nenne ich eine gute Idee", George Lindsay lächelte in die Runde. „Wie sieht es bei euch aus? Also ich hätte jetzt sehr gerne ein Schälchen deiner Stachelbeerencreme, Schatz."

Nach einer gefühlten Ewigkeit, in der sie sich die Fotos der Rundreise von Hughs Eltern angeschaut und alte Alben gewälzt hatten, die voll von Fotos aus Kates und Hughs Schulzeit waren, bestand Iris darauf, dass Kate Hughs Angebot, sie nach Hause zu fahren, annahm.

Also saßen sie in unbehaglichem Schweigen in Hughs Geländewagen und fuhren durch die verlassenen Straßen von Hailsboro. Tatsächlich war Hugh den restlichen Abend ziemlich schweigsam gewesen. Kates Nerven dagegen lagen blank, während sie neben ihm saß. Als er in Bessies Auffahrt fuhr, konnte sie einen erleichterten Seufzer nicht unterdrücken.

„Danke, Hugh." Sie schnallte sich ab und wollte die Hand nach dem Türgriff ausstrecken, als er sie plötzlich in seine nahm.

„Ich dachte, du wärst nach Hailsboro zurückgekommen, um Bessie zu besuchen."

Unentschlossen lehnte sie sich ein Stück zurück und starrte durch die Wundschutzscheibe nach draußen, um ihn nicht ansehen zu müssen. Allein das Gefühl seiner warmen Hand, die ihre hielt und nicht losließ, brachte sie an den Rand des Erträglichen.

„Das bin ich auch, Hugh."

„Und es hatte nichts mit deinem Freund zu tun?"

Sie schob den Kopf ein wenig zurück und sah ihm nun doch ins Gesicht, das in der Dunkelheit des Autos noch ein bisschen grimmiger wirkte. „Mich wundert es, dass du nicht vorher davon gehört hast.“

„Ich interessiere mich nicht für Gerüchte, Kate, das müsstest du doch wissen.“

Sie entzog ihm die Hand. „Leider ist es aber kein Gerücht, sondern entspricht der Wahrheit. Mein Verlobter ... mein *Ex*-Verlobter fand zu viel Gefallen an unserer Nachbarin und verlustierte sich mit ihr in unserem Wohnzimmer.“

Nach einer Weile des Schweigens erklärte er ernst. „Das tut mir leid, Kate.“

„Nicht der Rede wert“, leider konnte sie einen Rest von Bitterkeit nicht unterdrücken.

Sie konnte genau sehen, dass sich sein Adamsapfel bewegte, als er schluckte. „Hör mal, Kate ...“

„Nein“, erwiderte sie, da sie genau wusste, was er ansprechen wollte. „Nicht jetzt, Hugh.“

„Wir haben nie wirklich darüber gesprochen.“

Seufzend schaute sie auf ihre Hände. „Es ist einige Jahre her und deshalb ziemlich bedeutungslos für mich geworden.“

„Für mich aber nicht.“

Ein Klumpen bildete sich in ihrem Magen. Unschöne Erinnerungen drängten sich in ihr auf und sie schüttelte kurz den Kopf. „Das ist kein Thema, das ich besprechen möchte.“

„Ich durfte mich nicht einmal entschuldigen, Kate.“

Am liebsten hätte sie aufgelacht. „Hugh, du warst mein Freund. Mein bester Freund. Es gab nichts, womit du dich hättest entschuldigen können.“

„Ich weiß“, entgegnete er leise und bewegte sich unruhig auf seinem Sitz umher.

Kate sah ihm ins Gesicht und presste die Lippen zusammen.

Seine Miene war sehr ernst und unglücklich geworden. „Meinst du nicht, dass sich jemand verändern kann?“

Lange Zeit schwieg sie und bemerkte voller Entsetzen, dass ihre Augen feucht wurden. Sie hatte Hugh mehr geliebt als jeden anderen Menschen und war dann von ihm tief verletzt worden. Nicht einmal Stevens Betrug hatte an diesen Schmerz herangereicht.

„Doch, das glaube ich.“

„Kate“, er wollte wieder nach ihrer Hand greifen, aber sie wich zurück und schüttelte abwehrend den Kopf.

„Aber ich glaube nicht, dass ich dir noch einmal vertrauen kann.“

Sein trostloser Gesichtsausdruck berührte sie zutiefst, also öffnete sie die Beifahrertür und stieg schnell aus.

Als sie wenig später in ihrem Bett lag, schickte er ihr eine Nachricht auf ihr Handy. Sie ahnte, dass Lucy ihm ihre Nummer gegeben hatte. Seufzend betrachtete sie ihr Telefon und kuschelte sich in die weiche Bettdecke, bevor sie die Nachricht öffnete.

„Dein Ex-Verlobter muss ein Idiot sein.“

Trotz allem lächelte sie schwach und tippte ihre Antwort ein.

„Ein Vollidiot."

Nach nicht einmal einer halben Minute bekam sie eine weitere Nachricht.

„Dein Ex-Freund war auch ein Idiot."

Kate schluckte und verkrampfte die Finger um das Handy. Zögerlich schrieb sie eine Antwort.

„Leider."

Mit Herzklopfen wartete sie seine Antwort ab, die dieses Mal ein wenig länger dauerte.

„Ich hoffe, du weißt, dass ich dich niemals verletzen wollte."

Kate starrte auf das Handy und ließ ihre Augen über seine Nachricht gleiten. Widerstrebend antwortete sie ihm.

„Dennoch hast du es getan."

Mit Herzklopfen wartete sie seine Antwort ab, die dieses Mal ein wenig länger dauerte.

„Liebe bedeutet, um Verzeihung bitten zu dürfen, KitKat."

Mit brennenden Augen schob sie das Handy auf den Nachttisch und brauchte eine halbe Ewigkeit, um etwas Schlaf zu finden.

6. Kapitel 1999

Hugh starrte mit einem warmen Gefühl in der Brust auf Kate, die an ihn geschmiegt auf der improvisierten Matratze schlief und dabei kleine Schnarchlaute produzierte. Niemals zuvor hatte er etwas so Schönes gehört, entschied er und betrachtete ihr friedliches Gesicht. Vorsichtig strich er ihr dunkles Haar beiseite und streichelte gleichzeitig über ihre zarte Wange. Im Gegensatz zu ihr hatte er in der vergangenen Nacht nicht schlafen können, sondern hatte sie im Mondschein betrachtet und ihren nackten Körper dicht an seinen gezogen, damit sie nicht fror. Ganz so uneigennützig war er nicht wirklich gewesen, schließlich genoss er es, sie nah bei sich zu wissen und berühren zu können.

Sein Mund lächelte von ganz allein, als sie den Kopf in seine Richtung drehte und im Schlaf schmatzte, während ihr warmer Atem gegen seine Brust strömte.

Unzählige Male hatten sie sich ein Bett geteilt, hatten in einem gemeinsamen Zelt geschlafen und hatten mit dem anderen mitten in der Nacht quatschen können. Doch in dieser Nacht war es anders gewesen als früher, wenn sie beieinander übernachtet hatten.

Hugh verspürte ein ungewohntes Aufgekratzt-Sein, wenn er an die vergangene Nacht dachte. In der Fischerhütte seines Dads hatte er ein bequemes Bettenlager errichtet, Kerzen angezündet, Musik durch eine tragbare Anlage angeschaltet und Rosenblätter auf dem Steg verteilt. Die warme Sommernacht und der helle Mondschein hatten zusätzlich eine sehr romantische Stimmung verbreitet, als sich Hugh und Kate aneinander gekuschelt hatten.

Normalerweise kannte er kein Lampenfieber. Seit seinen frühsten Kindertagen spielte er Football und war vor Spielen niemals aufgeregt, aber gestern war er furchtbar nervös gewesen, denn er hatte nichts falsch machen wollen. Von anderen Jungs, die bereits mit Mädchen geschlafen hatten, war ihm erzählt worden, dass Mädchen beim ersten Mal weinten. Das hatte ihm ernsthafte Sorgen bereitet, weil er Kate um nichts in der Welt wehtun wollte. Er liebte sie schließlich.

Himmel, sie war ihm so zerbrechlich erschienen, als sie nackt unter ihm gelegen hatte, denn er war ziemlich schwer, trainierte er doch täglich Football und machte Kraftsport, um Muskeln aufzubauen. Kate dagegen war ein zartes Mädchen, mit schlanken Gliedern und der weichsten Haut, die er kannte. Ständig hatte er daran denken müssen, dass er ihr vielleicht wehtat. Irgendwann hatte sie ihn auf sich gezogen und geflüstert, dass sie ihn spüren wollte. Da war es um ihn geschehen und er hatte sich auf sie gelegt. Sie hatten sich ausdauernd geküsst, den anderen erforscht und sich aneinander geschmiegt. Als er vorsichtig in sie eingedrungen war, hatte er gedacht, dass sein Herz explodierte. Hugh war kaum in der Lage gewesen, einen klaren Gedanken zu fassen, doch sobald sie aufgestöhnt hatte, war er erstarrt und hatte ihr besorgt ins Gesicht gesehen. Mit gerunzelter Stirn hatte sie seinen Blick erwidert und gewispert, wie schnell er sich bewegen sollte und wann er stillhalten musste.

Glücklicherweise hatte sie nicht geweint. Als er stöhnend auf ihr zusammengebrochen war, hatte sie seinen Nacken gestreichelt und das Gesicht in seine Halsgrube geschmiegt.

„Guten Morgen."

„Guten Morgen“, antwortete er lächelnd und blickte ihr in die schlaftrunkenen Augen.

Sie lächelte und schnurrte beinahe wie ein Kätzchen, während sie sich streckte und anschließend an ihn schmiegte.

Wieder klopfte sein Herz zum Zerspringen. „Hast du gut geschlafen?“

„Mhh ... sehr gut.“ Kate legte den Kopf auf seinen Oberarm und schaute ihn offen an. Sie streckte ihre Hand aus und berührte mit dem Zeigefinger zärtlich seinen Mund.

Hugh drehte seinen Kopf ein paar Millimeter zur Seite und küsste ihren Finger. Gleichzeitig drückte er sie nah an sich.

„Ist dir kalt?“

„Nein“, wisperte sie. „Du wärmst mich ja.“

Ihre hellbraunen Augen sahen in seine und schienen seine Gedanken lesen zu können.

Hugh zog ihre Hand beiseite und lehnte sich zu ihr, um sie zärtlich auf den Mund zu küssen.

Obwohl er sich geschworen hatte, nach ihrem ersten Mal nichts Kitschiges zu sagen, brach es aus ihm heraus. „Ich könnte ewig mit dir hier liegen und dich einfach nur ansehen."

„Oh je", flüsterte sie amüsiert und streichelte über seine Wange. „Wo hast du den Spruch denn geklaut?"

Grinsend rieb er sein Gesicht an ihrem. Unter der Decke streichelte er über ihren nackten Rücken und genoss ihre plötzliche Gänsehaut sowie ihr aufgeregtes Atmen. Das Wissen, dass er sie genauso nervös machte wie sie ihn, befriedigte ihn über alle Maßen.

„Ich wollte romantisch sein, KitKat."

„Vielen Dank", flüsterte sie und küsste ihn so liebevoll, dass er nicht mehr wusste, wo er aufhörte und sie begann.

Als sie ihn zu sich zog und er die Decken um sie beide schlang, glaubte er vor Glück zu zerspringen. So nah hatte er sich niemandem zuvor gefühlt. Von dem Moment an wusste Hugh, dass er Kate von ganzem Herzen liebte und niemals aufhören würde, sie zu lieben.

7. Kapitel

Kate konnte die halbe Nacht nicht schlafen und wälzte sich herum. Sie wusste einfach nicht, wie sie auf Hugh reagieren sollte. Eigentlich hatte sie gedacht, dass sie auf dem besten Wege wären, wieder Freunde zu werden, doch dann hatte er gestern angefangen, über ihre gemeinsame Vergangenheit zu sprechen. Seine Nachrichten auf dem Handy hatten sie anschließend völlig aus dem Konzept gebracht. Stundenlang hatte sie im Dunkeln gelegen und über seine letzte Nachricht gegrübelt.

Sie wollte die zarte Freundschaft zwischen ihnen nicht zerstören, denn gerade jetzt brauchte sie einen Freund, nachdem ihr Leben aus dem Ruder gelaufen war, auch wenn sie niemals geglaubt hätte, dass ausgerechnet Hugh dieser Freund sein könnte.

Momentan hatte sie genug von Enttäuschungen in der Liebe und verzichtete lieber ganz auf Beziehungen oder Affären, bevor sie kaputt gingen und einen Scherbenhaufen hinterließen.

Bessie war längst zur Kirche verschwunden, als sich Kate Jeans und einen dicken Pulli anzog und in ihr Auto sprang, um zu Hugh zu fahren. Sie kannte den Weg zum alten Hendersonhaus und war erstaunt über die gepflegte Auffahrt und das renovierte Äußere des großen Hauses. Hugh musste als Footballballspieler eine Menge Geld verdient haben, überlegte sie, als sie das Auto vor der riesigen Garage abstellte und sich die Fassade des breiten, zweistöckigen Hauses ansah, das gleich am See gebaut worden war und über einen eigenen Bootssteg verfügte. Sein Geländewagen stand ebenfalls vor der Garage, also musste er daheim sein. Mit einem mulmigen Gefühl stieg sie aus und lief zur großen Eingangstür. Nachdem sie geklingelt hatte, musste sie etwas warten, bevor Hugh die Tür aufmachte.

„Kate", überrascht schaute er sie an. Er musste gerade trainiert haben, denn sein weißes T-Shirt klebte verschwitzt an seiner Brust, und ein dunkelblaues Handtuch hatte er sich um seinen Hals geschlungen. Zudem waren seine Haare ganz feucht und er wirkte etwas kurzatmig.

„Oh, ich störe …“

„Quatsch, komm rein“, er trat zur Seite und ließ sie hinein.

Kate hatte die Hände in den Taschen ihrer Jeans vergraben und betrat neugierig das Haus. „Schön hast du es hier.“

„Danke“, er schloss die Tür.

Sie schaute sich um und entdeckte viel helles Holz, gemütliche Möbel und keinerlei aufwendigen Schnickschnack. Die helle Eingangshalle war groß und sehr hoch, da die Wände bis zum Dach reichten und auf diese Weise viel Licht hineinließen. Eine breite Treppe mit hölzernen Geländern führte in den ersten Stock. Zur rechten Seite erspähte Kate ein großes Wohnzimmer, das man durch riesige Glastüren betreten konnte.

„Eine Führung gefällig?“

„Gerne.“

Hugh zeigte nach rechts. „Hier liegen das Wohnzimmer, Esszimmer, ein Arbeitszimmer und ganz außen rechts kommt man in den Wintergarten.“

„Du hast einen Wintergarten?“

Er zuckte mit der Schulter und betrat hinter ihr das geräumige Wohnzimmer. „Der Wintergarten war schon gebaut, also habe ich ihn erhalten. Vielleicht funktioniere ich ihn irgendwann einmal um.“

Kate sah sich im Wohnzimmer um. Wunderschöne antike Möbel wie verschnörkelte Schränke, Kommoden und Tische standen überall herum. Impressionistische Bilder, elegante Lampen und andere Dekorationen vervollständigten den Eindruck. Ansonsten war alles sehr schlicht gehalten, mit groben Holz und gemütlichen Möbeln. In der Mitte des Raumes, zur breiten Fensterfront ausgerichtet, stand ein breites cremefarbenes Sofa mit einer grün karierten Decke darauf, während ein dunkelgrüner Ohrensessel neben dem Sofa stand. Während der Fußboden in der Eingangshalle aus großen dunklen Fliesen bestanden hatte, lag hier edles Holzparkett aus. An der rechten Wand hing ein Flachbildschirm über einem Sideboard, auf dem mehrere Fotorahmen standen. Kate schlenderte zu den Fotorahmen und betrachtete sie neugierig. Das größte Foto zeigte Hughs ganze Familie bei einer festlichen Gelegenheit. Hughs Anblick auf diesem Bild fesselte sie wider Willen, da er einen dunklen Anzug trug und sehr elegant wirkte. Die anderen Fotos zeigten nicht nur Hugh und seine Teamkollegen oder andere Familienmitglieder, sondern auch sie, wie Kate erschrocken feststellte. Auf einem Foto war sie vielleicht acht Jahre alt und lag zusammen mit Hugh in einem Zelt. Beide lagen auf dem Bauch, hielten den Kopf in den Händen und schauten mit grinsenden Gesichtern aus dem Zelt in die Kamera. Ein amüsiertes Lächeln schlich sich auf ihr Gesicht. Das andere Bild zeigte Hugh und sie mit ungefähr sechzehn Jahren, als er sein erstes Auto geschenkt bekommen hatte – einen alten Dodge mit Schrammen und Beulen, der beim Rückwärtsgang immer komische Geräusche von sich gegeben hatte.

„Dein Haus ist wunderschön. Verläufst du dich nicht manchmal?“

„Keine Sorge.“ Er lächelte kurz. „Normalerweise verteile ich den Grundriss an meine Gäste, damit sie sich zurecht finden.“

Kate schnaubte.

„Es ist perfekt", ergänzte Hugh. „Ich habe genug Platz, außerdem ist es hier sehr ruhig. Im Keller habe ich einen Fitnessraum und im Fernsehraum gibt es genügend Sitzmöglichkeiten, damit ich mit meinen Spielern Aufzeichnungen von Spielen anderer Teams ansehen kann."

Kate sah ihn recht fassungslos an. „Footballspieler verdienen echt zu viel Geld, wenn du mich fragst."

Glucksend erwiderte er. „Mich hat es nicht gestört."

„Das glaube ich dir aufs Wort."

Sie trat einen Schritt zurück und schaute sich weiter um. Die Seite zum See hin bestand aus riesigen Glasfenstern, die einen traumhaften Blick über die Landschaft erlaubten. Kate trat an die Fenster heran und schaute hinaus. Ein großer Balkon, der sich über die gesamte Breite des Hauses erstreckte, führte mit einigen Stufen auf die leicht abschüssige Rasenfläche hinab, die am Ufer des Sees endete. Ein Bootssteg ragte in den See hinein, während ein kleines Motorboot am Steg festgemacht war.

„Du fährst Motorboot?"

Hugh trat neben sie und rubbelte mit dem Handtuch durch sein Haar. „Manchmal gehe ich mit meinem Dad angeln, dann nehmen wir das Boot und fahren auf den See hinaus."

„Das klingt sehr idyllisch."

Er antwortete nicht, sondern blickte sie seufzend an. Kurz wich sie seinem Blick aus und starrte auf den flauschigen Teppich vor dem Kamin auf der linken Seite des Raumes.

„Warum hast du eigentlich mit dem Footballspielen aufgehört?"

Kate konnte genau sehen, dass ihm die Frage unangenehm war. Er hängte sich das Handtuch um den Hals und ließ sich auf der Lehne des Sessels nieder. Da er lange Zeit nichts sagte, dachte sie bereits, dass er die Frage nicht beantworten würde, doch mit einem hilflosen Seufzer gestand er: „Ich habe eine ziemlich harte Scheidung durchgemacht und war für nichts zu gebrauchen."

Sie hatte das Gefühl, dass ihr der Boden unter den Füßen weggezogen wurde. Natürlich war sie davon ausgegangen, dass Hugh in den vergangenen Jahren

Beziehungen geführt hatte, aber zu erfahren, dass er verheiratet gewesen war, versetzte ihr einen Stich im Herzen.

„Du warst verheiratet?"

Er nickte mit einem finsteren Gesicht, das zu seiner ansonsten unbeschwerten Art nicht passte. „Ihr Name ist Coleen. Wir haben geheiratet, als sie schwanger wurde."

Der nächste Schock ließ nicht lange auf sich warten. Kate fixierte seinen dunklen Haarschopf und schluckte aufgebracht. In dieser klatschsüchtigen Kleinstadt wurde jede noch so unwichtige Neuigkeit verbreitet, aber niemals hatte sie gehört, dass Hugh Vater geworden war.

„Bei den meisten Ultraschall-Untersuchungen war ich nicht anwesend, weil ich mit dem Team unterwegs war", seufzte er. „Als Coleen im siebten Monat war, bekam sie Wehen und musste ins Krankenhaus. Ich habe mir schreckliche Sorgen gemacht, weil die Ärzte mehrere Untersuchungen anordneten. Durch Zufall kam bei der Fruchtwasseruntersuchung heraus, dass ich ganz unmöglich der Vater sein könnte ..."

„Was?!“

Er nickte und starrte auf den Boden vor sich, bevor er hilflos mit der Schulter zuckte. „Versteh’ mich bitte nicht falsch, Kate. Coleen war zwar meine Frau, aber ich habe sie nicht aus unsterblicher Liebe geheiratet. Sie war schwanger, also machte ich ihr einen Antrag.“

„Was passierte anschließend?“

„Sie beichtete mir, dass sie in den ersten Monaten unserer Beziehung einen anderen Mann getroffen hatte.“ Hugh schaute auf und sah ihr ins Gesicht, während sein Mund eine grimmige Linie bildete. „Es war ein Teamkollege, der sogar auf unserer Hochzeit gewesen war. Der Vaterschaftstest bewies, dass er der leibliche Vater des Kindes war.“

„Oh Mann“, seufzte sie leise und verzog mitleidig das Gesicht.

„Noch bevor ich irgendetwas entscheiden konnte, waren die beiden plötzlich ein Paar und Coleen reichte die Scheidung ein.“

„Wie ging es dir damit?“

„Wie gesagt ... ich habe Coleen nicht wirklich geliebt, aber ich hatte mich auf das Baby sehr gefreut.

Ich kannte alle Ultraschallaufnahmen, hatte das Haus bereits kindersicher gemacht und ein Kinderzimmer eingerichtet. Sogar über Namen hatten wir schon gesprochen. Dieser Verlust war nur schwer zu verkraften.“

„Das tut mir leid“, murmelte Kate und meinte es auch so.

Hugh legte beide Hände auf seine Oberschenkel. „Mit meinem früheren Freund und Teamkollegen kam ich natürlich nicht mehr aus. Vertrauen konnte ich ihm erst recht nicht mehr. In der Mannschaft war deswegen die Hölle los und wir verloren einige Spiele. Als die Entscheidung über die zukünftige Mannschaftsaufstellung bevorstand, verabschiedete ich mich vom Football.“

„Das war nicht fair.“

„Es war richtig“, Hugh lächelte schwach. „Der Profisport kann eine wahre Schlangengrube sein. Darauf hatte ich einfach keine Lust mehr. Die Entscheidung aus Dallas zu verschwinden und wieder nach Hailsboro zu ziehen fiel mir nicht schwer.“

Kate antwortete nicht, sondern sah mit Unbehagen, wie er sich erhob und zu ihr trat. Dicht vor ihr blieb Hugh stehen und seufzte schwer.

„Du hast mir niemals erlaubt, mich bei dir zu entschuldigen, Kate."

„Hugh", plötzlich zitterte ihre Stimme. „Müssen wir jetzt darüber sprechen?"

„Wir haben niemals darüber gesprochen, Kate", ein tiefer Atemzug hob seinen Brustkorb. „Du hast mich nicht gelassen."

Eine Träne lief ihr über die Wange. „Ich habe dich wahnsinnig geliebt. Außerdem warst du mein bester Freund. Was denkst du, wie ich mich gefühlt habe?"

Er wischte ihr die Träne beiseite. „Was denkst du, wie es mir ging? Du warst der letzte Mensch auf der Welt, dem ich jemals wehtun wollte."

„Warum hast du dann mit ihr geschlafen?", flüsterte sie unglücklich. „Hast du mich nicht mehr geliebt?"

Sein Daumen streichelte über ihre Wange, während er ihr in die Augen schaute. „Ich habe dich geliebt, Kate. Ich habe dich sehr geliebt. Es war nur ..."

„Nur?“

Ihm entschlüpfte ein tiefes Stöhnen. „Ich war auf einem Höhentrip.“

„Was willst du damit sagen, Hugh?“

„Ich will damit sagen, dass ich ein absoluter Idiot war. Heute weiß ich, dass ich mich wie ein überheblicher, unreifer Möchtegern-Superstar benommen habe, aber damals kam ich mir so wichtig vor. Plötzlich hatte ich Angebote von so vielen Talent-Scouts und bekam ein Stipendium.“

„Das hatte aber nichts mit uns zu tun“, widersprach sie und sah ihn unglücklich an.

„Kate“, bedauernd rümpfte er die Nase und strich ihr eine Haarsträhne hinter das Ohr. „Auf diesem Auswärtsspiel verloren wir nur durch meine Überheblichkeit. In der Kabine musste ich mir von meinem ganzen Team Beschimpfungen anhören. Alle waren furchtbar sauer auf mich und auf der anschließenden Party schnitten sie mich.“

„Das ist kein Grund zum Fremdgehen.“

„Nein, ist es nicht.“ Seine Lippen wurden schmal. „Ein Achtzehnjähriger kann seine Freundin noch so sehr lieben, aber wenn er betrunken ist und von seinen besten Freunden damit aufgezogen wird, dass er ein Pantoffelheld ist und seiner Freundin aufs Wort gehorcht, hat er das Gefühl, ihnen beweisen zu müssen, dass sie Unrecht haben.“

Kate atmete schwer aus. „War das der Grund, warum du mit dieser Cheerleaderin Sex hattest? Weil du deinen Kumpels beweisen wolltest, was für ein toller Typ du warst?“

Dumpf erwiderte er: „Ich wollte Ihnen beweisen, dass ich fähig war, das Team zu leiten, dass ich kein verweichlichter Junge ohne eigene Meinung war. In meinem betrunken Hirn klang das durchaus plausibel.“

„Warum hast du dich überhaupt betrinken müssen? Sonst hast du auf Partys auch nie getrunken. Vielleicht wäre das alles dann gar nicht passiert!“ Ihr Vorwurf war nicht zu überhören.

Resigniert ließ er den Kopf hängen. „Kate, ich kann es nicht ändern. In meinem Frust lehnte ich das Bier nicht ab und ließ zu, dass sich die Cheerleaderin an mich dranhängte.“

Als sie nicht antwortete, nahm er ihre Hand. „Ich war ein dummer Junge, der einen Fehler beging und das Mädchen verletzte, das er vom ganzen Herzen liebte."

Zwar entzog sie ihm die Hand nicht, erklärte jedoch leise. „Das ist dreizehn Jahre her, Hugh. Gerne bin ich wieder mit dir befreundet, aber ..."

Er lachte heiser und trat näher an sie heran. Der Geruch nach verschwitzter Haut hatte niemals zuvor so betörend gewirkt, bemerkte Kate verwirrt.

„KitKat, ich weiß, dass du mir auf den Hintern starrst, wenn du denkst, ich würde es nicht bemerken."

Erschrocken blickte sie auf und begegnete seinem grinsenden Gesicht. „Das stimmt nicht!"

„Tut es doch. Vielleicht willst du es nicht wahrhaben, aber wir beide fühlen uns zu dem anderen hingezogen."

„Wir sind Freunde", widersprach sie kratzbürstig. „Kumpels."

„Kate, ich habe einige Kumpels, aber bei keinem von ihnen bekomme ich feuchte Hände und Herzrasen, wenn sie mich anlächeln."

„So etwas sollst du nicht sagen“, flüsterte sie verzagt.

„Warum nicht? Soll ich lügen?“

Entschlossen hob sie das Gesicht. „Wie du vielleicht bemerkt hast, ist mein Leben ein absolutes Chaos, Hugh. Ich brauche einen Freund, einen *guten* Freund, sehr viel mehr als eine Beziehung.“

„Früher war ich beides für dich.“

Sie schluckte.

Ganz der alte Hugh sah er sie mit amüsiert kräuselnden Lippen an. „Wenn wir eines waren, dann immer ehrlich, Kate. Ich will nicht nur dein Liebhaber sein, aber ich kann auch nicht nur dein guter Freund sein.“

„Das ist kompliziert …“

Hugh schnaubte auf und verdrehte die Augen. „Nicht nur für dich. Sieh dir es doch aus meiner Perspektive an! Ich ziehe zurück nach Hailsboro und führe ein beschauliches Leben, bis du plötzlich auftauchst und mich völlig durcheinander bringst. Jetzt bin ich nicht nur Stadtgespräch, sondern muss darum kämpfen, die Bäckerei betreten zu dürfen ...“

„Kannst du nicht ernstbleiben?“

Mit einem sarkastischen Tonfall sagte er: „Wir waren ernst genug.“

„Aber ...“

Hugh neigte den Kopf etwas hinab. „Lass das Argumentieren, Kate. Es passt noch immer. Ich empfinde etwas für dich, und du empfindest sicher auch etwas für mich. Warum akzeptierst du das nicht?“

„Weil ich Zeit brauche.“

Er schüttelte den Kopf. „Du brauchst keine Zeit.“

„Woher willst du wissen, was ich brauche?“, fuhr sie ihn an und zog ihre Hand aus seinem Griff.

Er grinste breit. „Weil ich dich verdammt gut kenne! Du hast einen Dickschädel und wirst in hundert Jahren immer noch behaupten, Zeit zu brauchen, aber die gebe ich dir nicht.“

„Was!“

Er lächelte teuflisch und küsste sie einfach mitten auf den Mund. Kate war in der ersten Sekunde viel zu überrascht, um einen Muskel zu rühren, aber dann wollte sie sich losreißen. Hugh dagegen hielt sie fest und gab sie nicht frei, während er sie küsste. Es dauerte nur wenige Momente, bis Kate dahin schmolz und in seinen Armen butterweich wurde. Seine Hände umfassten zärtlich ihren Rücken, während sich Kate unbewusst an ihn schmiegte. Sein Mund wurde ebenfalls weicher und knabberte zärtlich an ihren Lippen. Ein wohliger Seufzer entschlüpfte ihr und sie schlang ihre Arme um seinen Nacken. Tausend Schmetterlinge begannen in ihrem Bauch zu fliegen. Er roch so vertraut, er schmeckte so vertraut und das Gefühl, von seinen Armen umschlungen zu werden, war ebenfalls so vertraut. Seufzend hob sie ihm das Gesicht entgegen und spürte, dass seine linke Hand an ihren Nacken fuhr.

„Du schmeckst noch immer wie früher“, flüsterte er nach einer Weile und löste seinen Mund von ihrem. Kate lehnte mit geschlossenem Augen an ihm, während Hugh seine Lippen zart auf ihre Schläfe drückte.

Er strich ihr das Haar aus der Stirn. „Brauchst du noch mehr, worüber du nachdenken musst?“

Kate fühlte sich wohlig warm und wäre für nichts auf der Welt von ihm weggerückt. Warum schien sie nur immer bei Hugh schwach zu werden? Es tat einfach zu gut, hier bei ihm zu stehen und sein Herz an ihrem Brustkorb schlagen zu fühlen.

„Du machst dich über mich lustig“, beschwerte sie sich leise und mit schmollendem Unterton.

Er lachte leise auf und streichelte ihren Hinterkopf. „Vielleicht ein bisschen.“

„Ein Kuss ändert auch nichts an der Tatsache, dass es kompliziert ist“, seufzte sie leise.

Hugh sagte eine Weile nichts, sondern streichelte sie gedankenverloren. „Er zeigt mir, dass ich Recht hatte. Du fühlst dich von mir angezogen.“

„Du musst nicht so überheblich klingen“, klagte sie leise, blieb jedoch in seiner Umarmung stehen.

„Schon verstanden“, er klang definitiv amüsiert. „Bleibst du zum Essen?“

„Essen?“

„Ja, man nennt es auch Nahrungsaufnahme.“

Kate boxte ihn in die Seite und lehnte den Kopf zurück. „Was bringt dich auf die Idee, dass ich zum Essen bleibe?“

„Die Aussicht auf heißen Sex?“

Ihr spröder Gesichtsausdruck fiel in sich zusammen, als sie lachen musste.

„Keine Sorge“, beruhigte er sie gutmütig und tätschelte ihren Rücken. „Bessie gibt mir endlich wieder Gratisplätzchen. Die werde ich für keinen Sex der Welt riskieren.“

Kate wurde langsam wach und blinzelte mit schweren Lidern gegen die bleierne Müdigkeit an. Gähnend schmiegte sie ihre rechte Wange in das kuschelige Kissen unter sich und streckte alle Glieder von sich, wobei sie sich in der Decke verhedderte. Nach einigen Befreiungsversuchen lag sie auf dem Rücken und blinzelte gegen das Tageslicht an. Irritiert runzelte sie die Stirn und richtete die verschlafenen Augen auf die ungewohnte Einrichtung. Das war weder ihr Bett noch ihr Schlafzimmer. Es war Hughs Schlafzimmer.

Seufzend schloss sie die Augen. Sie erinnerte sich an den gestrigen Tag, an das aufreibende Gespräch am

Morgen, das lange Mittagessen, den Spaziergang am See und an den Wein am Abend, den sie mit Hugh getrunken hatte, bevor sie nackt auf dem Kaminvorleger gelandet waren. Zwar hatte sie ihm fest entschlossen gesagt, dass sie keinen Sex haben würden, doch dann waren sie wie hungrige Teenager übereinander hergefallen. Ein wenig beschämt verzog sie das Gesicht. Das war leidenschaftlicher, ausdauernder und vor allem heißer Sex gewesen, den sie die ganze Nacht über mit Hugh gehabt hatte. Als Teenager waren sie noch linkisch gewesen, aufgeregt und unbeholfen – jetzt wussten beide, was der andere wollte. Hugh hatte sie so leidenschaftlich erregt, dass sie beinahe verrückt geworden war, trotzdem hatte es Augenblicke voller Zärtlichkeit gegeben, als er sie kurz vorm Einschlafen im Arm gehalten und ihr einen Kuss auf die Schläfe gedrückt hatte.

Mit einem Ruck setzte sie sich auf und presste die Bettdecke gegen ihre Brust, als ihr bewusst wurde, dass sie bei Hugh übernachtet hatte. Sie sah auf den Nachttisch und bemerkte, dass es kurz vor acht Uhr morgens war. Erschrocken stöhnte sie auf. Bessie musste längst bemerkt haben, dass Kate nicht zuhause geschlafen hatte. Obwohl Kate erwachsen war, fürchtete sie das Donnerwetter, das sie ganz sicher erwartete. Außerdem konnte sie davon ausgehen, dass die Klatschweiber von Hailsboro früher oder später herausfanden, dass Kate mit Hugh geschlafen hatte. Das Drama war perfekt.

Wo war er eigentlich, fragte sich Kate. Er hätte sie wecken müssen! Sie schlug die Bettdecke zurück und sprang nackt aus dem Bett, als sie Wasserrauschen aus dem Badezimmer hörte. Für Scham hatte sie momentan keinen Gedanken, also lief sie ins Bad und sah, dass Hugh unter der Dusche stand. Wütend riss sie die Duschtür auf und begegnete seinem irritierten Blick. Er war tropfnass, stand direkt unter dem warmen Wasserstrahl und sah trotz der langen Nacht einfach phänomenal aus.

„Warum hast du mich nicht geweckt?"

Sein Blick glitt lasziv über ihren nackten Körper. „Du hast wenig Schlaf heute Nacht bekommen."

„Oh!“ Sie wollte ihm einen Klaps geben, doch er umfasste ihre Hand und zog sie zu sich unter die Dusche, bevor er die Tür schloss.

„Du bist ein …!“

Grinsend zog Hugh sie an sich und gab ihr einen Kuss, der sie von weiterem Protestgeschrei abhielt.

Nach seinem Kuss nagte er zärtlich an ihrem Ohrläppchen und flüsterte. „Du hast so tief und fest geschlafen, KitKat, dass ich dich nicht wecken wollte.“

Kate seufzte und schmiegte sich schwach an ihn, als er den Kopf tiefer senkte und ihren Hals mit Küssen übersäte. Es war kein Zeichen ihrer Selbstbeherrschung, dass Hugh weniger als zwei Minuten brauchte, um Kate alle Gedanken an ein großmütterliches Donnerwetter vergessen zu lassen. Nach nicht einmal zwei Minuten ließ sie sich von ihm gegen die Duschwand pressen und schlang beide Beine um ihn, als er ihr auf seine Art einen guten Morgen wünschte.

Ein wenig atemlos und mit Beinen aus Wackelpudding erlaubte Kate ihm anschließend, ihr den Rücken und das Haar zu waschen. Als sie zusammen die Dusche verließen, reichte er ihr ein großes Badehandtuch und schlang sich selbst eines um die Hüften.

„Du hättest mich wirklich früher wecken sollen."

„Deine Großmutter kommt auch ohne deine Hilfe zurecht", grinsend tätschelte er ihr den Hintern und stellte sich an das Waschbecken, um Rasierschaum auf seinen Wangen zu verteilen.

„Darum geht es gar nicht." Kate trocknete ihr nasses Haar mit einem Handtuch trocken und warf ihm durch den Spiegel eine Grimasse zu. „Sie wird bemerkt haben, dass ich nicht zuhause war."

„Und natürlich wird sie sofort wissen, dass du mit mir Unzucht getrieben hast", gluckste Hugh amüsiert.

„Das ist nicht komisch, Hugh." Kate setzte sich auf den Rand seiner Badewanne und beobachtete, wie er sich rasierte und mit nacktem Oberkörper vor ihr stand.

„Doch, das ist es, Kate, schließlich sind wir keine Teenager mehr."

Kate machte ein finsteres Gesicht. „Bessie ist altmodisch. Sie denkt, dass gute Frauen vor der Ehe keinen Sex haben sollten!"

Hugh wischte sich den restlichen Schaum von Gesicht und Hals, bevor er sich umdrehte und sich vor sie hinkniete. „So schlimm?“

Sie sah in seine grünen Augen, die sie nachdenklich musterten. „Ich will einfach nicht, dass sie schlecht von mir denkt.“

Belustigt nahm er ihre Hand in seine und gab ihr einen Kuss in die Handfläche. „Deine Grandma liebt dich abgöttisch und würde nie schlecht von dir denken.“

„Ja … aber es ist mir irgendwie peinlich, wenn sie es weiß.“

„Es?“

Unbehaglich zuckte sie mit der Schulter. „Was soll sie denn denken, Hugh? Ich habe meinen Verlobten abserviert, und kaum, dass ich wieder hier bin und dich getroffen habe, gehe ich mit dir ins Bett.“

„Kate ...“

Frustriert legte sie den Kopf schief. „Wenn die alten Klatschweiber das mitbekommen, werden sie über mich lästern.“

Seine Hände streichelten über ihre Knie. „Wenn es dir so viel ausmacht, Kate, müssen wir nicht sofort an die große Glocke hängen, dass wir wieder zusammen sind.“

Unsicher biss sie sich auf die Unterlippe. „Sind wir denn wieder zusammen, Hugh?“

„Für mich sind wir das wieder. Was sagst du?“

Kate schaute in sein ernstes Gesicht, während Vernunft und Herz miteinander in einen Zwiespalt gerieten. Sie wollte ihm so gerne vertrauen und auf ihr Herz hören, jedoch gab es da eine kleine Stimme in ihrem Inneren, die sie daran erinnerte, dass Männer nicht treu sein konnten. Zwar war der Zweifel noch da, aber sie wollte Hugh nicht verletzen und nickte mit einem kleinen Lächeln.

Kate schlüpfte nackt aus dem Bett und setzte sich auf die Bettkante, während sie sich durchs Haar fuhr und anschließend ihr Höschen vom Boden aufhob und hineinschlüpfte.

„Hey? Was wird das, wenn es fertig ist?“

Lächelnd drehte sie den Kopf zum Bett und stand auf. Hugh lag mit ausgestreckten Armen und Beinen auf dem Bett, das Haar war völlig zerzaust, und er hob träge den Kopf. Sie hatten zwei Stunden ausdauernden Sex hinter sich und Kate fühlte sich wohlig betäubt. Nichtsdestotrotz wollte sie nicht die Nacht über hier bleiben, nachdem Bessie bisher nicht entdeckt hatte, dass Kate und Hugh wieder ein Paar waren. Sie ging davon aus, dass Kate in der letzten Woche viel Zeit mit Lucy verbracht und manchmal die Babysitterin für Judy gespielt hatte.

„Zieh sofort dein Höschen aus und komm wieder her“, protestierte Hugh gut gelaunt.

Lachend schüttelte sie den Kopf und griff nach einem dunkelgrünen T-Shirt von ihm, das auf der Kommode lag.

„Was willst du mit meinem T-Shirt?“

„Anziehen und dann gehe ich in die Küche, um zwei Sandwiches zu machen.“

„Mhh“, grummelte er und ließ den Kopf aufs Kissen sinken. „Ich kann dir nichts versprechen, aber nach einem Sandwich und einer kleinen Ruhepause kann es weitergehen.“

„Ha!“ Kate zog ihm die Bettdecke weg und betrachtete schnell seinen muskulösen Körper, bevor sie ihn naserümpfend ansah. „Das kannst du gleich vergessen!“

„Warum?“ Er kratzte sich nachdenklich an der Brust und gähnte anschließend. Kate hatte sich währenddessen das T-Shirt übergestreift.

„Weil ich nicht die Absicht habe, heute hier zu schlafen.“

„Kate“, protestierte er stöhnend. „Wir sind erwachsen und dennoch fühle ich mich in unsere Highschoolzeit erinnert.“

Sie hüpfte zu ihm aufs Bett und beugte sich hinab, um Hugh auf den Mund zu küssen. Prompt griff er nach ihr und zog sie auf sich. Kate musste lachen, als er ihren Hintern umfasste und ihr Höschen abstreifen wollte.

„Hugh“, lachend entwand sie sich ihm und sprang vom Bett. Hugh setzte sich auf und beobachtete sie teils frustriert teils amüsiert.

„Dir ist doch schon klar, dass du keinen Hausarrest mehr bekommen kannst, wenn du zu spät nach Hause kommst?“

Sie band sich die Haare hoch und schenkte ihm ein Augenrollen. „Darum geht es nicht.“

„Worum dann?“

„Ich will nur deinen guten Ruf schützen“, neckte sie ihn.

„Meinen guten Ruf?“, fragte er ungläubig.

„Oh ja“, Kate zog eine Augenbraue in die Höhe. „Der artige Bürgermeister und vorbildhafte Footballstar treibt es den ganzen Nachmittag über mit mir in seinem Bett … das käme bei der nächsten Stadtsitzung gar nicht gut.“

Grinsend schwang er die Beine aus dem Bett, aber Kate hatte sich schon umgedreht und verließ das Schlafzimmer, um hinab in die Küche zu gehen. In der Küche nahm sie Brot, Schinken und Käse aus dem

Kühlschrank, um die versprochenen Sandwiches zuzubereiten.

Nebenbei hörte sie das Tapsen von nackten Füßen auf dem Fußboden und spürte gleich darauf Hugh an ihrem Rücken, der die Arme um sie legte. Sein Gesicht vergrub sich in ihrem Nacken, während seine Hände unter ihr Shirt fuhren. Kate lächelte breit und beschäftigte sich weiter mit den Sandwiches.

„Soll ich Bessie anrufen und fragen, ob du heute hier schlafen darfst?“

Sie lachte schnaubend.

„Komm schon“, raunte er in ihr Ohr. „Ich will dich bei mir haben.“

Schmetterlinge tanzten wieder in ihrem Bauch auf und ab und das hatte nichts mit der warmen Hand zu tun, die über ihren Bauch fuhr.

„Hugh …“

Er hatte ihr Gesicht so weit zu sich gedreht, dass er sie jetzt problemlos küssen konnte. Und das tat er. Kate stand noch immer mit dem Rücken zu ihm und wurde von Sekunde zu Sekunde bereiter, heute Nacht doch bei ihm zu bleiben.

Das amüsierte Räuspern, das vom Kücheneingang kam, hätte sie kaum mitbekommen, wenn Hugh ihr nicht abrupt seinen Mund entzogen hätte.

„John!“

Erschrocken starrte Kate geradeaus und wäre vor lauter Entsetzen beinahe ohnmächtig geworden. Ein fremder Mann stand mitten in der Küche und betrachtete interessiert das Geschehen vor ihm.

„Was zum Geier tust du hier?“ Hugh, der splitterfasernackt war, stand hinter Kate und hatte seine Hände noch immer unter ihrem Shirt versteckt. Kate lief rot an, als sie darüber nachdachte, dass sie nur ihr schwarzes Höschen und ein T-Shirt trug, das ihr gerade bis zum Po reichte.

Der blondhaarige Riese zeigte zwei Grübchen. „Wir waren verabredet, Hugh. Ich bin sogar eine halbe Stunde zu spät, weil auf der Fünfundvierzig ein katastrophaler Stau war. Außerdem war die Tür offen …“

„Wir waren verabredet?“, fragte Hugh ratlos und erntete ein trockenes Lachen des Mannes, der näher trat und Kate die Hand reichte.

„Hi, ich bin John. Sie müssen der Grund sein, weshalb Hugh unser Angelwochenende vergessen hat.“

Er war dermaßen freundlich und unerschütterlich, dass schlagartig jede Panik von ihr abfiel. Sie erwiderte den Händedruck. „Ähm ... anscheinend. Mein Name ist Kate.“

„Schön, Sie kennenzulernen, Kate.“

„Das Angelwochenende“, stöhnte Hugh auf. „Scheiße, das habe ich total vergessen.“

John gluckste. „Ich will euch beide nicht stören. Soll ich zu deinen Eltern fahren und mit deinem Dad zum Angeln gehen?“

„Ja“, erwiderte Hugh, während Kate sofort „nein“ rief.

Das ließ John erst recht lachen.

„Unsinn“, Kate schüttelte diktatorisch den Kopf und blickte Hughs Gast entschuldigend an, während sie verstohlen an ihrem Shirt zog, um es etwas zu verlängern. „Ich wollte sowieso gerade gehen ...“

„Wolltest du nicht“, Hughs Stimme klang absolut verdorben. „Wir wollten gerade ...“

„Hugh“, zischte sie ihm warnend zu und meinte dann an John gewandt: „Ich wollte wirklich gerade gehen.“

„Das müssen Sie nicht“, lächelte er. „Warum bleiben Sie nicht? Wenn ich ehrlich bin, hatte ich sowieso wenig Lust, mit diesem Fettklops das ganze Wochenende allein zu verbringen.“

„Wen nennst du hier Fettklops?“, empörte sich Hugh, der für einen Mann im Adamskostüm wenig Schamgefühl und dafür eine umso größere Klappe hatte.

Wieder zeigte Hughs Gast ein Paar tiefer Grübchen. „Wie mir scheint, hast du etwas zugelegt, seit du nicht mehr trainierst.“

Hinter ihr schnaubte Hugh auf.

Kate räusperte sich. Auch wenn beide Männer nicht mit der Wimper zuckten, dass Kate halbnackt und Hugh völlig unbekleidet waren, verlor die Situation für sie selbst nicht an Peinlichkeit. „Wenn ihr mich entschuldigt, gehe ich kurz nach oben und ziehe mich an.“

„Wirfst du mir eine Jogginghose runter, KitKat?“

Sie nickte, zog das T-Shirt so weit wie möglich nach unten und verschwand mit einem verlegenen Lächeln aus der Küche, während Hugh mit seinem Freund plauderte.

Nachdem sie eine Jogginghose die Treppen nach unten geworfen hatte, ging sie ins Bad und betrachtete sich unbehaglich im Spiegel. Ihr Gesicht glühte regelrecht und auf den heißen Wangen hätte sie ganz sicher ein Spiegelei braten können. Rasch duschte sie und schlüpfte in ein Paar Jeans und ein Langarmshirt, bevor sie wieder nach unten ging. Glücklicherweise erwähnte keiner der beiden Männer die peinliche Begegnung in der Küche, als sie sich zu ihnen gesellte. Hugh, der mittlerweile das Paar Jogginghosen trug, gab John eine Flasche Bier und nuckelte selbst an einer.

„Möchtest du auch eins, mein Schatz?“

Im ersten Moment stockte sie, weil er sie niemals zuvor *mein Schatz* genannt hatte. Sie war entweder Kate oder KitKat für ihn gewesen. Diese Liebkosung dagegen war völlig neu.

„Nein, danke.“ Sie lächelte beide an. „Ich möchte euch wirklich nicht stören ...“

„Unsinn“, John sah sie freundlich an und legte den Kopf schief. „Hugh hat mir gerade erzählt, dass ihr euch schon seit der Krabbelgruppe kennt. Da er zwar mein bester Kumpel ist, ich ihn jedoch erst seit einigen Jahren kenne, eröffnen sich mir hier gerade ungeahnte Möglichkeiten.“

„Ungeahnte Möglichkeiten?“

„Ja“, der blondhaarige Mann verzog nachdenklich den Mund. „Was waren seine schlimmsten Streiche als Kind? Musste er in der Schule oft nachsitzen? Wann hat er zum ersten Mal wegen Alkohol gekotzt? Solche Geschichten.“

„Kate hält dicht“, Hugh schlang seinen freien Arm um ihre Taille und zog sie an sich. „Da sie bei meinen schlimmsten Streichen mit von der Partie war, zusammen mit mir nachsitzen musste und öfter kotzen musste als ich, wird sie mich glücklicherweise nicht verraten.“

Schmunzelnd blickte sie Hugh in die Augen, während ein aufgeregtes Herzpochen in ihr einsetzte. Sie war glücklich und konnte kaum aufhören, ihn anzuschauen. Nach einigen Sekunden drehte sie den

Kopf in Johns Richtung und plauderte aus: „In der vierten Klasse mussten wir einen Frosch sezieren. Hugh wurde ohnmächtig und schlug mit dem Hinterkopf gegen eine Tischkante. Als ich seinen Kopf auf meinen Schoß zog, wurde er wach und kotzte über mein neues Kleid."

„Oh, Kate", seufzte Hugh enttäuscht auf und streichelte mit einer Hand über ihre Hüfte. „Du sollst doch nicht immer unsere intimen Details verraten."

Glucksend verdrehte sie die Augen. „Sei froh, dass ich nicht verraten habe, dass du den armen Stanley O'Connor verprügelt hast, als du dreizehn Jahre alt warst."

„Schlägereien sind doch nicht ungewöhnlich ..."

Kate unterbrach John mit einem Schnauben. „Stanley O'Connor war fünfzehn Zentimeter kleiner als Hugh, mindestens zwanzig Kilo schwerer, Asthmatiker und er trug eine Zahnspange, die mit einem Draht hinter seinem Kopf befestigt war. Der arme Junge hatte Hugh überhaupt nichts getan."

Mit Entzücken stellte sie fest, dass Hugh errötet war und den Blick senkte.

Auch John schnalzte mit der Zunge. „Ach?“

„Nun ja ... ich war eifersüchtig.“ Er sah wieder auf und forschte kurz in ihrem Gesicht. „Stanley hatte dich ins Kino eingeladen und du hattest ihm zugesagt ...“

John brach in Gelächter aus, während Kate ihn ungläubig ansah. „Du hast Stanley verprügelt, weil er mich zu seinem Geburtstag ins Kino eingeladen hatte?“

Verlegen rieb er sich den Nacken. „Kann schon sein.“

Kate biss sich fassungslos auf die Unterlippe und starrte ihn an.

„Jetzt will ich aber auch die ganze Geschichte hören“, gluckste John auf.

8. Kapitel

„Guten Morgen, meine Damen.“

Kate blickte auf, als sie Hugh Stimme hörte, und runzelte die Stirn. Es war nicht üblich, dass er morgens in die Bäckerei kam, da er den Kuchen für das Training seiner Mannschaft immer nachmittags kaufte. Außerdem war heute ein Dienstag. Dienstags fand gar kein Footballtraining statt, wie sie mittlerweile wusste, schließlich verbrachte sie ihre Dienstagnachmittage seit einigen Wochen immer mit ihm. Meistens blieben sie beim ihm zuhause, manchmal fuhren sie auch mit dem Boot raus oder nahmen ab und zu das Auto, um nach Huntsville zu fahren und dort ungestört ein Restaurant zu besuchen oder einen Film im Kino anzuschauen.

Mittlerweile waren sie so vertraut miteinander, dass dieses Versteckspiel vor der ganzen Stadt ziemlich nervte. Kate wusste, dass Hugh es langsam satt hatte, ihre Beziehung vor allen zu verleugnen, aber sie konnte sich einfach nicht überwinden, auch öffentlich zu ihm zu stehen. Vielleicht war es unfair ihm gegenüber, denn Kate sah, wie viel Mühe er sich gab, sie davon zu überzeugen, wie ernst es ihm war, aber sie hatte einfach zu große Angst, ihm zu vertrauen und dann ein weiteres Mal verletzt zu werden.

Das Problem war nur, dass sie sich längst wieder in ihn verliebt hatte. Hugh war ein wunderbarer Zuhörer, der sie zum Lachen bringen konnte und mit ihr auf einer Wellenlänge schwamm. Wenn sie ihm in die Augen sah, glaubte sie, dass ihr Herz vor Glück zersprang, während tausend Schmetterlinge in ihrem Bauch aufstiegen, sobald er sie anlächelte.

Außerdem vermisste sie ihn, wenn sie ihn nicht mindestens einmal am Tag sah. Aufgefallen war ihr dies schon vor einigen Wochen, als sein ehemaliger Teamkollege John Brennan zu Besuch gewesen war. Der Quarterback der *Dallas Cowboys,* der sich gerade von seiner Freundin Christine, der Tochter eines einflussreichen Hollywoodpaares, getrennt hatte und ein wenig Zuspruch seines besten Kumpels benötigte, war ein absolut liebenswerter Zeitgenosse. Er hatte auf seinen Angelausflug verzichten wollen, aber Kate hatte nach einem gemeinsamen Abendessen am ersten Tag darauf bestanden, dass die beiden mit dem Boot herausfuhren. Als Hugh daraufhin anderthalb Tage mit John auf Angeltour gewesen war, hatte Kate gemerkt, wie sehr er ihr fehlte.

„Hi, Kate."

Ein wenig schwach erwiderte sie sein strahlendes Lächeln, immerhin saßen bereits drei ältere Damen an einem Tisch, aßen Croissants und betrachteten das Geschehen an der Theke sehr genau.

„Hi, Hugh. Was kann ich dir geben?"

„Ich hätte gern eine Quarktasche."

Während Kate eine Quarktasche mit der Zange ergriff, öffnete er sein Portemonnaie und fragte beiläufig, jedoch laut genug, dass die drei Damen es genau verstehen konnten: „Bevor ich es vergesse, Kate. Begleitest du mich am Freitag zum Winterfest?"

Beinahe wäre ihr die Quarktasche zu Boden gefallen. Sie sah ihn kurz an und merkte, dass sie vor Ärger errötete. Zwar hatte Kate keine Ahnung, was er mit seiner Aktion bezweckte, aber er konnte davon ausgehen, dass sie ihm nicht danken würde, zumal das Gespräch der drei Frauen abrupt beendet war.

Gespielt neutral erwiderte sie: „Ich fahre mit Bessie hin. Bestimmt sehen wir uns dort."

„Eigentlich wollte ich dich zuhause abholen, Kate. Wie wäre es mit einem schönen altmodischen Date?"

„Ich weiß nicht ..."

„Komm schon, Liebling", er zwinkerte. „Die heimlichen Verabredungen gehen mir langsam gegen den Strich."

Aus den Augenwinkeln konnte sie sehen, wie ein aufgeregtes Flüstern am Damentisch einsetzte, daher warf sie Hugh einen vernichtenden Blick zu. Sie konnte nicht glauben, was er da getan hatte!

„Du ...!"

„Um sieben Uhr bin ich bei dir", unterbrach er sie und ergriff die Tüte mit der Quarktasche, nachdem er etwas Kleingeld auf die Theke gelegt hatte.

Auf dem Weg zur Tür sah er zum Damentisch und tippte sich mit der freien Hand gutgelaunt an die Stirn. Sobald er verschwunden war, starrten die drei Frauen Kate fassungslos an. Bessie wählte natürlich genau diesen Zeitpunkt, um durch die Hintertür ins Geschäft zu treten.

„Du triffst dich heimlich mit Hugh Lindsay, Kate?“ Hatty ignorierte vor lauter Fassungslosigkeit das Spritzgebäck in ihrer Hand.

Bessie hatte sich gerade ihren Mantel ausziehen wollen, stoppte mitten in der Bewegung und sah verwirrt zwischen ihrer Enkelin und ihren drei Freundinnen hin und her. „Wovon sprichst du, Hatty?“

„Hugh Lindsay spazierte gerade eben in die Bäckerei und fragte Kate nach einer Verabredung ...“

„Das ist aber noch nicht alles“, unterbrach Laura ihre Freundin aufgeregt und glotzte Kate so fassungslos an, als hätte die soeben das Rezept ihrer Buttercremetorte für sich beansprucht. „Hugh hat zugegeben, dass er sich heimlich mit Kate trifft.“

Hugh hatte nichts *zugegeben*, dachte Kate erbost, schließlich war er nicht vor Gericht gestanden. Der Mistkerl hatte es fröhlich herausposaunt, um sicherzustellen, dass spätestens beim Abendessen jede Frau von Hailsboro Bescheid über sie beide wusste.

„Das kann doch gar nicht sein“, ihre Großmutter runzelte die Stirn. „Wenn sich Kate mit Hugh träfe, wüsste ich davon.“

„Anscheinend nicht“, triumphierte Alma Steiner.

Kate hatte genug gehört und zog sich die Schürze aus.

„Wo willst du hin, Kate?“

Sie antwortete ihrer Großmutter nicht, sondern schnappte sich ihre Tasche und verließ die Bäckerei. Eine halbe Stunde lang saß sie in ihrem Auto und konnte immer noch nicht fassen, was Hugh getan hatte. Sie hatte selbst entscheiden wollen, wann diese neugierige Stadt erfuhr, dass sie in Hugh verliebt war. Warum verstand er bloß nicht, dass sie einfach noch nicht so weit war, sich dem Stadtgespräch auszusetzen?

Da sie nicht wollte, dass er einfach glaubte, mit seiner Aktion durchzukommen, fuhr sie zur Highschool und parkte vor der Sporthalle, wo auch sein Geländewagen stand. Eine Schülerin verließ glücklicherweise gerade die Halle und hielt ihr die Tür auf. Kate bedankte sich und straffte anschließend die Schultern, um durch den muffig riechenden Gang in Richtung Trainerraum zu laufen.

Sie war sowieso schon auf hundertachtzig, aber als sie in der Tür stehen blieb und Hugh entdeckte, der in seinem Sessel saß und mit einer blonden Frau von Mitte zwanzig lachte, die in enger kurzer Sportkleidung auf seinem Schreibtisch thronte und ihn anhimmelte, hatte Kate das Gefühl vor lauter Wut zu platzen.

„Störe ich?“

„Kate“, er drehte den Kopf in ihre Richtung und erdreistete sich, sie breit anzulächeln. „Was tust du denn hier?“

Aufgebracht verschränkte sie die Arme vor der Brust. „Das fragst du noch?!“

„Komm schon, Liebling“, beschwichtigte er amüsiert und deutete auf die Blondine, die bei dem Wort *Liebling* merklich zusammengezuckt war. „Das ist Josy Phillips. Sie trainiert unsere Cheerleader.“

Das Wort Cheerleader war für Kate ein rotes Tuch und sie funkelte die Frau an, die hinter ihrem Freund her war. Vermutlich wirkte Kate wie eine auf Krawall gebürstete Furie, da die jüngere Frau eilig vom Schreibtisch glitt und mit einer gemurmelten Entschuldigung das Weite suchte. Kate hielt sich damit nicht auf, sondern schlug hinter ihr die Tür zu.

„Hoppla“, Hugh grinste vergnügt. „Sex im Trainerraum, mein Schatz?“

„Halt die Klappe“, fuhr sie ihn an und zitterte vor Wut. „Hast du eine Ahnung, was du getan hast?!“

Da er nicht antwortete, brüllte sie unbeherrscht los. „Jetzt sag schon!“

„Ich dachte, ich sollte die Klappe halten?“

„Hugh!“

Lachend erhob er sich von seinem Sessel und legte den Kopf ein wenig schief. „Ich habe lediglich für geordnete Verhältnisse gesorgt ...“

„Du hast mich den Löwen zum Fraß vorgeworfen! Jetzt wissen alle Bescheid, dass wir ein Paar sind.“

Als er nach ihr greifen wollte, wich sie ihm aus. „Nein! Fass mich nicht an!“

„Kate“, seufzte er schwer. „Wir sind seit sechs Wochen zusammen. Wir sind erwachsen und haben ein Recht darauf, uns nicht verstecken zu müssen.“

„Das ist nicht so einfach, Hugh!“

„Natürlich ist es das“, widersprach er überzeugt. „Wir beide sind einunddreißig Jahre alt und kennen uns genau so lange. Ich habe keine Lust, mich monatelang vor irgendwelchen Klatschweibern zu verstecken, weil sie vielleicht über uns reden könnten, Kate."

„Vor kurzem war ich noch mit einem anderen Mann verlobt! Weißt du eigentlich, wie das für die erzkonservativen Frauen dieser Stadt aussieht?"

„Und ich war vor einem Jahr noch verheiratet", entgegnete er ruhig. „Seit wann bist du denn so versessen darauf, was die Stadtbewohner von dir halten?"

Kate schwieg und wich seinem Blick aus.

Doch Hugh war nicht dumm und fragte dumpf: „Willst du überhaupt mit mir zusammen sein, Kate?"

„Ja, natürlich!" Unsicher sah sie ihm in die Augen und nagte unschlüssig an ihren Lippen. „Es ist nur ..."

„Es ist nur ... *was*?"

Sie schluckte. „Ich habe Angst, Hugh."

„Wovor denn?" Ratlos trat er zu ihr und hob ihr Kinn an, um ihr ins Gesicht sehen zu können.

Der liebenswerte Blick seiner dunkelgrünen Augen brach ihr beinahe das Herz. „Verstehst du das nicht? Ich bin ein gebranntes Kind ..."

„Inwiefern?"

Mit einem trockenen Lachen entzog sie ihm ihr Gesicht und trat einen Schritt zurück. „Woher weiß ich, dass unsere Beziehung nicht wieder in einem Desaster endet? Du hast mir einmal das Herz gebrochen, Hugh. Wie kann ich wissen, dass du es nicht ein zweites Mal tun wirst?“

„Kate, ich liebe dich ...“

„Das hat dich beim ersten Mal auch nicht abgehalten, mir weh zu tun.“

Sein Gesicht verschloss sich abrupt. „Ich dachte, wir wären über diesen Punkt hinaus. Anscheinend hast du mir noch nicht verziehen, dass ich als dummer Junge einen bedauernswerten Fehler begangen habe.“

Sie atmete zitternd aus. „Doch, ich habe dir verziehen, Hugh. Jeder macht Fehler, aber ... aber ich habe es nicht vergessen.“

„Kate“, er klang absolut ratlos. „Ich weiß nicht, was ich tun oder sagen soll, damit du mir glaubst, wie leid mir alles tut.“

„Darum geht es nicht. Ich weiß, dass du es bereust.“

„Was ist denn dann das Problem, Liebling?“

Tränen brannten in ihrer Kehle, als sie gestand. „Ich kann dir einfach nicht mehr vertrauen."

Sofort spürte sie, dass ihn das getroffen hatte, denn er entfernte sich mit einem großen Schritt von ihr.

„Hugh, ich ..."

Er schüttelte den Kopf und brachte sie so zum Schweigen.

Mit einem furchtbaren Gefühl im Magen starrte sie in sein verletztes Gesicht und bereute ihre Worte sofort. Anstatt es ihm so unverblümt zu sagen, hätte sie es mit sich allein ausmachen müssen, schließlich liebte sie ihn und wollte ihm nicht wehtun.

„Können ... können wir das nicht vergessen, Hugh?" Zögernd nestelte sie mit den Fingern an ihrer Kleidung herum.

„Wenn du mir nicht vertraust, dann ..." Er brach ab. „Ich verstehe, dass du Angst hast, Kate. Ich verstehe es wirklich! Dein Vater war nie für dich da, wenn du ihn gebraucht hast, und dein Verlobter scheint ebenfalls ein unzuverlässiges Arschloch gewesen zu sein, aber *ich*, Kate, *ich* war von Anfang an dein bester Freund. Als dein bester Freund habe ich dich nie im Stich gelassen."

„Aber als mein Freund hast du es."

Plötzlich brauste er auf. „Du hast mich nicht ein einziges Mal angehört, wenn ich mich entschuldigen wollte! Du hast mich nicht nur ignoriert ... für dich war ich gestorben! Weißt du eigentlich, was das für ein Gefühl war?!"

„Und weißt du, was es für ein Gefühl war, dass die ganze Schule wusste, dass du mit einer Cheerleaderin von der anderen Highschool geschlafen hattest?!"

Mit zornig funkelnden Augen wollte er aufgebracht wissen: „Ging es dir etwa nur um deinen Stolz?"

„Nein! Es ging mir darum, dass du das, was wir hatten, mit Füßen getreten hast!"

Hugh antwortete nicht sofort, sondern ballte die Hände zu Fäusten und erklärte anschließend mit mühsam beherrschter Stimme: „Ich habe dein Vertrauen missbraucht, aber wie du selbst sagtest, machen Menschen Fehler. Musst du mich für einen dummen Fehler, den ich vom ganzen Herzen bereue, mein Leben lang bestrafen?"

„Ich bestrafe dich nicht", entgegnete sie erschrocken.

„Doch das tust du“, unglücklich schüttelte er den Kopf. „Ich werde dir nie beweisen können, dass du alles für mich bist, solange du mir nicht vertraust, Kate. Und weißt du was?“ Mit einer düsteren Miene verschränkte er die Arme vor der Brust. „Ohne dein Vertrauen will auch ich nicht mit dir zusammen sein.“

9. Kapitel 2001

Hugh sah schrecklich mitgenommen aus, hatte dunkle Ringe unter den Augen und blickte ihr mit bleichem Gesicht entgegen, als Kate ihm die Haustür öffnete.

Besorgt schaute sie ihn an, schließlich wusste sie, dass das Team gestern verloren hatte. „Hugh? Ist alles okay mit dir? Du siehst furchtbar aus."

Er lächelte nicht, sondern fragte mit zitternder Stimme: „Kommst du mit mir auf einen Spaziergang nach draußen?"

„Natürlich." Kate schlüpfte in ihre Jacke und verließ das Haus. Sobald sie dicht vor ihm stand, stellte sie sich auf die Zehenspitzen und gab ihm einen Kuss auf den Mund, den er nicht erwiderte. Schwach roch sie den schalen Geruch nach Bier und runzelte die Stirn. Es sah Hugh gar nicht ähnlich, dass er nach einem Spiel trank. Wie selbstverständlich nahm sie seine Hand und lief neben ihm her, als sie einen Weg in den angrenzenden Wald einschlugen.

Kate machte sich mittlerweile große Sorge, denn Hugh war der fröhlichste Mensch, den sie kannte.

Dermaßen einsilbig kannte sie ihn gar nicht. Anstatt ihm die Ohren von Grandmas Geburtstagsfeier voll zu quatschen, lief sie schweigend neben ihm her und hoffte, dass er sich nicht allzu große Vorwürfe machte, dass das Team gestern verloren hatte. Er war ein talentierter Footballspieler, der einfach einen schlechten Tag erlebt hatte. Nach der Highschool sollte er für *Notre Dame* spielen und hatte ein Stipendium bekommen. Ein verpatztes Spiel würde darauf keinen Einfluss nehmen.

Auf einem einsamen Waldweg blieb er stehen und starrte auf den Boden vor sich.

„Ich … ich muss dir etwas sagen."

„Was denn?" Sie schmiegte sich neugierig an seine Seite und strich ihm anschließend eine Strähne aus der Stirn. „Hugh … es ist schon gut. Mach dir keine Vorwürfe."

„Was?" Er starrte sie verwirrt an. Kate lächelte aufmunternd.

„Es ist nicht deine Schuld, dass ihr gestern verloren habt", sie lächelte sanft.

„Mhh."

„Vergiss das Spiel ...“

„Es geht nicht um das Spiel.“

„Okay. Worum denn dann?“

Hugh starrte sie mit riesigen Augen an. „Ich habe großen Mist gebaut und … und ich weiß nicht, wie ich … das wieder gut machen kann.“ Wieder schluckte er. „Ich … ich verstehe mich selbst nicht …“

„Was ist denn los?“ Kate runzelte die Stirn.

Sein Griff um ihre linke Hand wurde fester. „Du … du bist meine Freundin und … und ich will dich nicht anlügen, Kate, weil … weil du mir soviel bedeutest ... weil du mir alles bedeutest …“

Kate verstand sein wirres Gestammel nicht, aber sein Eingeständnis, dass sie ihm sehr viel bedeutete, machte sie glücklich. Sie wollte ihn küssen, aber Hugh blieb auf Abstand.

„Ich hasse mich dafür, dass ich dir so weh tun muss, Kate.“

Nun schaute sie ihn irritiert an. „Hugh …“

„Gestern war ich sehr betrunken“, seine Stimme wurde rau. „Und ich war wütend auf mich selbst … da ist es passiert.“

„Was ist passiert?“

„Diese Cheerleaderin von der Huntsville High … sie hat mich geküsst und …“, er wurde noch bleicher. „Und wir hatten … Sex.“

Kate starrte ihn verständnislos an. Sie konnte nicht begreifen, was er sagte. Hughs Gesicht verzog sich panisch.

„Kate … ich liebe dich … keine Ahnung, wie es passieren konnte, aber es hat mir nichts bedeutet … nie wieder wird so etwas vorkommen! Du weißt nicht, wie sehr ich es bereue …“

Endlich verstand Kate, was er dort erzählte, aber sie konnte es nicht glauben. Ein furchtbar flaues Gefühl stieg in ihrem Magen hoch und sie war wie benommen. Hugh hatte gestern Sex mit einem anderen Mädchen gehabt? Nein, das konnte nicht stimmen.

„Bitte, Kate, du musst mir glauben, dass ich das nicht wollte. Niemals …“

Kate entriss ihm ihre Hand. Hugh versuchte, sie wieder zu ergreifen, aber Kate trat einen Schritt zurück.

„Du hast *was* getan?“ Schweratmend schüttelte sie den Kopf. Ausgerechnet mit diesem Flittchen, das ihm ständig nachlief, hatte er sich eingelassen.

„Kate …“

„Warum?“ Tränen stiegen ihr in die Augen.

Bedauernd blickte er sie an, das Gesicht vor Kummer, Schuld und Panik verzogen.

„Ich … ich weiß es nicht. Wenn ich doch nur …!“

„Du hast es aber getan!“ Sie schrie ihn an. „Du bist mein bester Freund … mein *Freund* … du … du Arschloch!“

„Bitte …“ Er kam einen Schritt auf sie zu, doch Kate sprang zurück.

„Du hast alles kaputt gemacht. Alles!“

„Kate …“

„Lass mich in Ruhe! Ich will dich nie wieder sehen!“

Blind vor Wut und Tränen rannte sie davon und ignorierte seine Rufe. Fassungslos, aufgebracht und verzweifelt lief sie nach Hause und warf sich in ihrem Zimmer aufs Bett. Niemals zuvor hatte sie einen solchen Schmerz erlebt. Normalerweise war Hugh immer derjenige, der sie tröstete und ihren Kummer nahm, doch dieses Mal war er der Auslöser ihrer Verzweiflung.

Kate wusste nicht, wie sie diesen Schmerz überleben sollte. Stundenlang weinte sie in ihr Kissen und ignorierte sowohl ihre Mom als auch ihre Grandma, die besorgt an ihre Zimmertür klopften. Sie stellten ihr das Abendbrot vor die Tür, doch Kate hatte keinen Hunger. Sie lag einfach nur da, starrte an ihre Zimmerdecke und konnte an nichts anderes denken, als dass sie erst vor wenigen Tagen in diesem Bett mit Hugh geschlafen hatte, als sie abends sturmfrei gehabt hatte. Spät in der Nacht war er aus dem Fenster geklettert und hatte ihr vom Fensterbrett aus einen langen Kuss gegeben. Beinahe wäre er noch hinausgefallen.

Je länger sie darüber nachdachte, desto wütender wurde sie, weil sie nicht begreifen konnte, dass er diese Zärtlichkeit, die sie zusammen erlebt hatten, mit einem anderen Mädchen teilen konnte. Ihr war schlecht, wenn sie daran dachte, dass er eine andere geküsst und berührt hatte. Das *Warum* spukte in ihrem Kopf herum, bis Kate zu dem Schluss kam, dass er sie nie wirklich geliebt haben konnte. Sie fühlte sich entsetzlich und wollte, dass er genauso litt wie sie.

10. Kapitel

Einige schlaflose Nächte später machte Kate einen emotionalen Kassensturz.

Auch ohne einen Therapeuten war ihr klar, dass sie eine verkorkste Ansicht über Beziehungen zu Männern hatte und dies endlich einsehen musste. Ihr Dad war kein stabiler Faktor gewesen, als sie aufgewachsen war, sondern hatte sie sooft enttäuscht, dass keine normale Vater-Tochter-Beziehung hatte entstehen können. Im College hatte sie niemanden an sich herangelassen, weil der Schmerz durch Hughs Betrug zu groß gewesen war, und später hatte sie zwei lockere Beziehungen geführt, die beide in die Brüche gegangen waren, weil Kate nicht in der Lage gewesen war, sich auf die beiden Männer einzulassen. Die Beziehung zu Steven war von vorneherein zum Scheitern verurteilt gewesen, weil sie etwas in ihm gesehen hatte, das er gar nicht gewesen war. Anstatt dies zu akzeptieren, hatte sich Kate etwas vorgemacht, bis sie aus allen Wolken gefallen war und Steven in flagranti erwischte.

Der einzig wirklich stabile männliche Faktor in ihrem Leben war Hugh gewesen.

Unzählige Erinnerungen an ihre Kinder- und Jugendzeit kamen in ihr auf, als sie darüber nachdachte.

Hugh, der sie getröstet hatte, als sie vom Fahrrad gefallen war.

Hugh, der im Schwimmunterricht neben sie auf das Drei-Meter-Brett geklettert war und sie so lange ermutigt hatte, bis sie zusammen mit ihm in das Becken gesprungen war.

Hugh, der ihr bei der Geometriearbeit die richtigen Lösungen vorsagen wollte und dabei erwischt wurde, ohne ihren Namen zu nennen.

Hugh, der allen Mut zusammengenommen und den Angelhaken aus ihrer blutigen Hand entfernt hatte, bevor er die Wunde mit seinem heiß geliebten Superman-Shirt abgedeckt hatte.

Hugh, der sie sein Auto fahren ließ und so tat, als würde es ihm nichts ausmachen, dass sie einen Teil der Hecke rammte und eine Schramme in dem Lack hinterließ.

Und Hugh, der nur vor ihr geweint hatte, als sein Großvater gestorben war.

Die Erkenntnis, dass sie sich ihm gegenüber alles andere als fair verhalten hatte, war bitter. Hugh hatte Recht gehabt, als er ihr vorgeworfen hatte, dass sie ihn absichtlich bestraft hätte.

Ja, er hatte sie verletzt, aber Kate hatte es ihm heimgezahlt, indem sie ihm weder zugehört noch ihm die Chance gegeben hatte, es wiedergutzumachen. Er war ihr bester Freund gewesen, der ihr Vertrauen verdient hätte, aber Kate hatte es ihm verweigert.

Sie wusste, dass er seinen Fehler bereute, doch sie selbst hatte bisher nicht einmal gewusst, dass auch sie einen Fehler begangen hatte. Niemals hätte sie ihn auf diese Weise von sich fortstoßen dürfen.

Sobald Kate dies eingesehen hatte, wollte sie mit Hugh sprechen und fuhr zu seinem Haus, das jedoch absolut verlassen war. Kein Licht brannte im Inneren und auch sein Geländewagen stand nicht in der Einfahrt. Siedend heiß fiel ihr ein, dass es Freitag war. Hugh würde beim Footballspiel sein und anschließend zum Winterfest fahren, das heute auch noch stattfand.

Mit einem Blick auf die Uhr zögerte sie, denn eine Aussprache vor den Augen der neugierigen Stadtbewohner erschien ihr nicht sehr verlockend.

Bevor sie es sich anders überlegte, stieg Kate wieder in ihren Wagen und fuhr zum Spielfeld der Highschool. Sobald sie geparkt hatte, kamen ihr bereits lärmende Zuschauer von den Tribünen entgegen, die guter Laune waren. Kate kämpfte sich durch die grölenden Schüler und leicht angetrunkenen Väter, bis sie zu dem Bereich vor den Tribünen gelangte, wo die Mannschaft versammelt war und mit vor Freude glühenden Gesichtern ihrem Coach lauschte. Die Jungs wirkten zwar mitgenommen und Kate bedauerte diejenigen, die die mit Dreck und Matsch verkrusteten Trikots waschen mussten, jedoch vibrierte das ganze Team vor Euphorie.

„Ihr habt der Offense keine Chance gegeben und das führte uns zum Sieg, Jungs. Ich möchte, dass ihr das ganz genau im Hinterkopf behaltet.“

Kate trat einen Schritt zur Seite und wollte warten, bis Hugh seine Ansprache beendet hatte, doch ihre Bewegung hatte einige Spieler auf sie aufmerksam gemacht. Einer nach dem anderen schaute zu ihr hinüber, bis auch Hugh bemerkte, dass seine Spieler merkwürdig unaufmerksam waren. Ein Blick auf die unteren Tribünenreihen zeigte Kate, dass sogar ein paar neugierige Stadtbewohner stehen geblieben waren, um das Spektakel zu beobachten.

Sie straffte die Schulter, als sich Hugh zu ihr umdrehte und gar nicht begeistert wirkte.

„Kate."

Gespielt fröhlich nickte sie ihm zu und raunte. „Können wir miteinander reden?"

„Wie du siehst, habe ich hier zu tun."

Lächelnd winkte sie ab. „Kein Problem. Ich kann warten."

Sein Gesicht wurde eine Spur finsterer. „Es kann noch lange dauern."

„Ach, ich habe Zeit."

Betont unfreundlich merkte er an. „Es kann *wirklich* lange dauern, Kate."

„Und ich habe *wirklich* viel Zeit."

Sie sah genau, dass er mit sich rang, weil er nicht mit ihr sprechen wollte, was sie ihm nicht verübeln konnte, schließlich hatte sie sich tatsächlich scheußlich verhalten, als sie vor einigen Tagen gestritten hatten.

„Kommen Sie schon, Coach“, rief einer der Spieler. „Wir können warten.“

„Genau, Coach“, rief einer der Zuschauer, woraufhin ein paar andere lachten.

Daraufhin stakste Hugh zu ihr, packte ihren Arm und bugsierte sie ein paar Meter zur Seite, was nicht wirklich hilfreich war, weil immer noch ein ganzes Highschoolteam sowie etliche Stadtbewohner zusehen konnten.

„Was willst du?“

Sie blickte zu ihm auf und bemerkte die Schatten auf seinem Gesicht, die von der Baseballkappe kamen, die er sich über sein Haar gestülpt hatte. Er wirkte ziemlich grimmig und sah unfreundlich auf sie nieder. Kate bekam einen kurzen Eindruck davon, wie er auf seine Gegner beim Football gewirkt haben musste, und leckte sich kurz über die Lippen. Sobald sich ihre Augen begegneten, war es ihr völlig egal, ob das Highschoolteam, ein paar Stadtbewohner oder die ganze Stadtsitzung dabei gewesen wären.

„Ich will meinen besten Freund zurück.“

Sein Gesichtsausdruck wurde nicht freundlicher. „Kate ...“

„Außerdem will ich meinen Freund zurück.“

Hugh presste seine Lippen aufeinander. „Ich habe dir gesagt, dass ich ohne Vertrauen nicht mit dir zusammen sein kann.“

Seufzend nickte sie. „Das weiß ich“, ihre Hand legte sich sanft auf das Logo seines Sweatshirts, das genau über seinem Herzen platziert war. „Ich habe lange darüber nachgedacht.“

„Hör mal“, fing er ungeduldig an, aber Kate unterbrach ihn entschlossen.

„Unzählige Situationen fielen mir ein, Hugh, in denen ich dir bedingungslos vertraut habe und nie von dir enttäuscht wurde. Und mir ist klar geworden, dass du neben meiner Mom und Bessie die einzige Person in meinem Leben bist, der ich wirklich vertrauen kann. Aber ...“, sie schluckte und merkte, wie ihre Augen feucht wurden, sie ihn ansah. „Aber vielleicht habe ich dein Vertrauen nicht verdient.“

Verwirrt runzelte er die Stirn. „Was willst du mir damit sagen?“

Kate streichelte vorsichtig über das Logo auf seiner Brust. „Du warst so ehrlich und hast mir von deinem Seitensprung erzählt, anstatt ihn einfach zu verschweigen. Ich hätte dir wenigstens zuhören müssen …“

„Kate“, seine rechte Hand fuhr über ihre Wange. „Es ist müßig, darüber zu sprechen.“

Hoffnungsvoll starrte sie in seine lächelnden Augen. „Und das heißt?“

„Das heißt, dass ich nach dreizehn Jahren endlich mit der Frau zusammen sein kann, die ich bereits geliebt habe, als sie ein Mädchen mit Zahnlücke war.“

Sie schluckte die Tränen beiseite und zog seinen Kopf zu sich hinunter, um ihn auf den Mund zu küssen. Dem Gegröle des Footballteams schenkten sie keine Beachtung, bis Kate sich kurz von Hugh löste und nach der Trillerpfeife um seinen Hals griff, in die sie einmal kräftig hineinpfiff.

Lachend hob Hugh den Kopf und brüllte an seine Spieler gewandt. „Ab unter die Dusche!“

Anschließend machte er sich sofort wieder daran, Kate zu küssen.

Epilog

Fast genau ein Jahr später betrat Hugh an einem sonnigen Nachmittag gutgelaunt Bessies Bäckerei und hielt Ausschau nach Kate, die er jedoch nicht gleich entdecken konnte. Stattdessen blickte ihm Bessies missgelauntes Gesicht entgegen. Nichtsdestotrotz setzte er sein charmantestes Lächeln auf und schloss die Eingangstür hinter sich, bevor er auf die Theke zusteuerte, sie umrundete und neben Bessie stehen blieb, um ihr einen Kuss auf die Wange zu drücken.

Kates Grandma hatte jedoch etwas dagegen und drehte den Kopf demonstrativ zur Seite.

Da er sich denken konnte, worum es ging, grinste er in sich hinein. „Hallöchen, Bessie."

Sie antwortete nicht, sondern schlug auf seine Hand, die nach einem Cookie hatte greifen wollen.

„Hey!" Empört zog Hugh seine Hand zurück. „Was soll das denn?"

„Das weißt du sehr gut, Hugh Lindsay!", zischte sie ihm zu und kniff aufgebracht das Gesicht zusammen. „Halb Hailsboro zerreißt sich euretwegen das Maul! Wie stehe ich bloß da?!“

„Ach, Bessie ...“

„Du brauchst dir nicht einbilden, weiterhin kostenlos Cookies zu bekommen, junger Mann!“

Eher amüsiert als empört legte er den Kopf zurück und brüllte in den hinteren Teil des Geschäfts, in dem er Kate vermutete: „Kate, deine Grandma will mir keine Cookies geben!“

„Grandma!“ Sofort erscholl Kates genervte Stimme. „Gib’ Hugh einen Cookie!“

Die ältere Dame schnaubte auf und warf ihm einen ärgerlichen Blick zu. „Du solltest dich schämen, Hugh. So etwas macht man nicht.“

Sein Lächeln zeigte keinerlei Schuldgefühl. „Für deine Cookies tue ich alles ...“

„Du weißt sehr gut, dass ich damit nicht die Cookies meine!“

Stöhnend griff er in das Glas mit den Schokokeksen und nahm einen heraus, in den er herzhaft hineinbiss. Die anstehende Fahrt nach Huntsville konnte ganz schön schlauchen. Außerdem war er nervös, daher konnte er einen kleinen Zuckerschock gebrauchen. Während er den köstlichen Geschmack nach Schokolade inhalierte und vor lauter Genuss beinahe die Augen verdreht hätte, ließ Bessie eine ganze Tirade mit Benimmregeln und gesellschaftlichen Gepflogenheiten los, auf die er gerne verzichtet hätte.

„Zu meiner Zeit gab es so etwas nicht!“

„Grandma“, Kates Stimme klang tatsächlich amüsiert. „Lass’ ihn bitte in Ruhe.“

Hugh drehte den Kopf zur Seite und verfolgte mit einem strahlenden Lächeln, wie Kate ihren Fünfmonatsbauch durch die Tür zum Hinterzimmer schob und in ihrer Tasche wühlte. Er konnte sich kaum an ihr sattsehen und saugte sich an ihrem Gesicht fest, in dem vor lauter Konzentration die Stirn gerunzelt war, als sie etwas in den geheimnisvollen Innenfächern ihrer Tasche suchte. Noch immer konnte er nicht glauben, dass sie sein Baby erwartete, und strahlte, sobald sein Blick auf die Wölbung unter ihrem Pullover fiel.

Vor zehn Monaten war Kate bei ihm mit Sack und Pack eingezogen, bevor sie sich vor acht Monaten einen

Hund angeschafft und vier Monate später völlig irritiert auf das Plus-Zeichen des Schwangerschaftstests gestarrt hatten. Mittlerweile befand sich Kate im fünften Monat, fühlte sich pudelwohl und ignorierte sogar das Genörgel ihrer Großmutter, die nicht verstand, weshalb Hugh und Kate nicht längst verheiratet waren. Dass sie sich tatsächlich nicht an der beharrlichen Meinung ihrer Großmutter störte und auch kein Problem hatte, dass Bessies Freundinnen ihr ständig ins Gewissen redeten, wurde dadurch deutlich, dass Kate fast täglich in der Bäckerei arbeitete und es auch noch genoss.

„So sehr wir es auch genießen, uns von dir Vorträge über Moral anzuhören, fürchte ich, dass wir losfahren sollten, um nicht zu spät zum Ultraschalltermin zu kommen“, unterbrach Hugh Bessie mit einem Lächeln und legte Kate einen Arm um die Schultern.

„Zu meiner Zeit nannte man so einen armen kleinen Wurm einen Bastard ...“

„Grandma“, zischte Kate nun aufgebracht, während Hugh vor Erheiterung gluckste. „Jetzt lass’ uns um Himmelswillen endlich in Ruhe!“

„Ich sage doch gar nichts“, beleidigt verzog sich das Gesicht ihrer Großmutter. „Ich wollte nur sagen, dass zu meiner Zeit ...“

„Zu deiner Zeit gab es weder deine Lieblingsserie *Projekt Runway* noch die nach Speck schmeckenden Cracker, ohne die du nicht auskommen kannst, also kann deine Zeit nicht so wahnsinnig toll gewesen sein“, schnaubte Kate und schlüpfte mit Hughs Hilfe in ihre Jacke.

„Die Atomtests, Rassengesetze und Autos ohne Servolenkung nicht zu vergessen“, scherzte Hugh, während er Kate einen Kuss auf die Schläfe drückte.

Kichernd verließen beide die Bäckerei, als Bessie wie ein Fisch auf dem Trockenen nach Luft schnappte und für ganze fünf Sekunden sprachlos war.

Sobald sie in Hughs Geländewagen saßen und Hailsboro verließen, senkte sich himmlische Ruhe über beide. Aus den Augenwinkeln konnte Hugh sehen, wie Kate sich zufrieden in ihren Sitz zurücklehnte und die Hände auf die kleine Kugel legte.

„Alles okay?“

„Uns geht es gut“, sie seufzte heiter auf. „Wofür entscheiden wir uns, wenn uns die Ärztin fragt? Wollen wir wissen, ob es ein Junge oder ein Mädchen wird, oder sollen wir bis zur Geburt warten?“

„Ich weiß nicht ...“, unschlüssig nagte Hugh auf seinem Mund herum und lenkte den Wagen über eine Landstraße. „Was sagst du?“

„Ich möchte es gerne wissen.“ Ihre Stimme klang beinahe aufgekratzt, als sie ausführte. „Wenn wir es wissen, können wir das Kinderzimmer einrichten und uns Gedanken um einen Namen machen.“

„Was ist mit Hugh Junior?“

„In deinen Träumen“, antwortete sie prompt und schüttelte konsequent den Kopf. „Der Name kommt mir nicht in die Tüte ...“

„Du bist äußerst sensibel, vielen Dank auch.“ Da Hugh außerordentlich gute Laune hatte, war er nicht gekränkt, sondern starrte belustigt auf die Fahrbahn. „Erst letzte Nacht hast du den Namen mehr als einmal laut gerufen, als ...“

„Ach, soll das heißen, dass ich dich im Bett von nun an *Junior* nennen soll?“

„Bloß nicht! Das wäre für mein Selbstbewusstsein der Todesstoß.“

Beide prusteten vor Lachen auf, sahen sich kurz in die Augen und gaben sich einen raschen Kuss auf den Mund, bevor sich Hugh wieder auf die Straße konzentrierte.

Seine rechte Hand ließ das Lenkrad los und bedeckte ihre Linke, die auf dem kleinen Babybauch lag, um sie sanft zu umschließen. Ihr entspanntes Seufzen war wie Musik in seinen Ohren.

„KitKat ... da wäre noch etwas anderes zu klären.“

„Okay“, murmelte sie fröhlich. „Solange ich den Namen aussuchen darf, bin ich mit allem einverstanden.“

„Das freut mich zu hören.“ Hugh schwieg einen kurzen Moment und suchte nach den richtigen Worten. „Hoffentlich machst du mich jetzt nicht einen Kopf kürzer, aber ich habe gestern deinen Dad angerufen und dann habe ich mit deiner Mom gesprochen.“

„Oh“, sie klang ratlos. „Und wieso?“

Anstatt ihr zu antworten, griff er in seine Jackentasche und holte einen Umschlag heraus, den er ihr auf den Schoß warf.

„Was ist das?"

„Verrate ich nicht."

Mit einem ärgerlichen Schnauben öffnete sie den Umschlag und nahm einen Zettel heraus, auf den er geschrieben hatte:

Willst du mich heiraten?

Ja.

Nein.

Vielleicht.

Als sie nichts sagte, erklärte er lapidar und unterdrückte dabei seine Anspannung. „Der Vorteil, wenn man zum Bürgermeister gewählt wird, ist der, dass man im Standesamt immer einen Termin bekommen kann. Ich habe ganz unverbindlich nachgefragt und für den nächsten Monat einen Termin für eine Trauung bekommen."

Hugh beobachtete aus den Augenwinkeln, wie Kate auf den Zettel in ihren Händen starrte. Sie war, was Ehen betraf, eine große Zynikerin, was er ihr angesichts der Geschichte ihrer Eltern nicht einmal verübelte. Da er sie ziemlich gut kannte, wusste er, dass man bei ihr mit der *Tür-ins-Haus-Methode* meistens sehr gut fuhr.

Gespannt wartete er einen Moment und hoffe inständig, dass sie ihm nicht einfach eine Ohrfeige gab. Ziemlich nervös zuckte bereits seine rechte Seite, weil er mit einem Schlag rechnete, doch er hörte lediglich ihre mühsam beherrschte Stimme.

„Willst du mir tatsächlich erklären, dass *das* hier dein Heiratsantrag sein soll?“

„Ähm ...“

„Hugh“, zischte sie ihm zu. „Du willst mir doch nicht ernsthaft sagen, dass du mir in deinem Geländewagen einen Antrag machst?!“

Völlig verdutzt drehte er den Kopf zur Seite und blickte in ihr verschlossenes Gesicht. „Ich dachte ...“

„Du dachtest, dass ich es romantisch finde, wenn ich auf diese Weise gefragt werde, ob ich deine Frau werden will?“

„Ich dachte, dass du gar nicht heiraten willst und wollte dich mit dieser Taktik überzeugen“, verteidigte er sich aufgebracht und bekam prompt ein heftiges Schnauben zur Antwort.

„Du Idiot, wie kommst du denn auf diese Idee? Wir wohnen zusammen und bekommen ein Baby! Natürlich möchte ich dich heiraten ...“

„Aber ...“

„Jede schwangere Frau will heiraten!“

„Kate“, Hugh fuhr auf den Standstreifen und schaltete in den Parkmodus. „Seit Monaten nervt uns deine Großmutter damit, dass wir endlich heiraten sollen, aber du hast nicht einen Ton gesagt, sondern dich ständig gegen Bessie gewehrt. Wie sollte ich denn wissen, dass du das anders siehst?“

Unsicher leckte sie sich kurz über die Lippen und gestand. „Ich wollte nicht, dass du dich unter Druck gesetzt fühlst, schließlich sollst du mich freiwillig heiraten wollen.“

Lächelnd lehnte er den Kopf zu ihr und umfasste ihre Wange mit seiner Hand, während er ihr in die beinahe ängstlich wirkenden Augen sah.

„Der Arzttermin, Hugh ...“, flüsterte sie nervös.

„Ich denke, dass die Ärztin fünf Minuten warten kann“, er drückte ihr einen Kuss auf den Mund und flüsterte ganz leise. „Wenn ich gewusst hätte, dass du es romantisch möchtest, wären wir an den See gegangen, wo ich hunderte von Kerzen angezündet und uns ein gemütliches Bett gebaut hätte, bevor ich einen Ring in einem Champagnerglas versteckt hätte.“

„Der Zettel ist so süß“, entgegnete sie mit einem nach Tränen klingenden Wispern. „Und wenn du mir einen Stift gibst, werde ich sofort das *Ja* ...“

Er ließ sie nicht ausreden, sondern küsste sie auf den Mund und zog sie eng an sich. Als sie vor Rührung weinte, unterdrückte er ein Lachen und gestand mit einem übersprudelnden Glücksgefühl in der Brust. „Das ist ein toller Tausch gegen den Namen Hugh Junior.“

Langsam nickte sie an seinem Hals. „Sehr clever von dir.“

„Sehr clever“, antwortete er und vergrub seinen Mund in ihrem Haar.

Von Poppy J. Anderson sind weitere Romane auf Amazon erschienen:

„Verliebt in der Nachspielzeit" – (Band1) erschienen im Juli 2013

Hanna Dubois kann es nicht glauben! Ihre erste Woche in New York City hält einige Überraschungen für sie bereit: Sie bekommt das heiß ersehnte Stipendium, wird in einen Autounfall, den Paparazzi verursacht haben, verwickelt und lernt dabei John kennen - das Bild von einem Mann. Sie verliebt sich Hals über Kopf in den berühmten ehemaligen Quarterback, dessen Schritte ständig von Pressevertretern überwacht werden. Eine wahre Hetzjagd auf Hanna beginnt, an der die Beziehung der beiden zu zerbrechen droht ...

Seitenzahl: 393

„Touchdown fürs Glück“ – (Band 2) erschienen im November 2012

Julian Scott ist der talentierte und neue Footballspieler der New York Titans, dessen Leben nicht schöner sein könnte. Er ist auf dem Höhepunkt seiner Footballkarriere, die Frauen laufen ihm scharenweise hinterher und finanziell kann er auch nicht klagen.
Liv Gallagher ist die erfolgreiche und angesehene Architektin einer New Yorker Agentur, deren Leben strikt geordnet ist. Sie lebt für ihren Beruf, macht sich wenig aus den Männern, die ihr nachschauen, und konzentriert sich lieber auf ihre Karriere.
Julian und Liv sind grundverschieden und doch waren sie früher ein glückliches Ehepaar. In New York treffen sie zufällig aufeinander und müssen feststellen, dass immer noch die Funken fliegen, wenn sie sich sehen ... wäre da nicht ein dunkles Geheimnis aus ihrer Vergangenheit.

Seitenzahl: 454

„Make Love und spiel Football“ – (Band 3) erschienen im Januar 2013

Der Footballgott muss sich mit den New York Titans wohl einen Witz erlaubt haben, als er die Tochter des verstorbenen Teambesitzers zur neuen Chefin ernannt hat! Das glaubt jedenfalls Brian Palmer, Quarterback und Kapitän der Titans, als sich die skandalbehaftete Teddy MacLachlan mit Hippiekleidung, Bauchnabelpiercing und Flipflops dem Team vorstellt. Frauen können in der Welt des Footballs nicht bestehen, vor allem nicht wenn sie auf Räucherstäbchen und Meditationen abfahren. Football bedeutet Krieg, da haben Frauen nichts zu suchen – Brian hat keine Skrupel, das seiner neuen Chefin ins Gesicht zu sagen, doch die bricht wider Erwarten nicht in Tränen aus, sondern grinst ihn frech an. Anders als der Rest der Frauenwelt, die sich dem heißen Quarterback an den Hals wirft, legt sich Teddy mit ihm an und schlägt ihn mit den eigenen Waffen.

Seitenzahl: 393

„Verbotene Küsse in der Halbzeit“ – (Band 4)
erschienen im September 2013

Erin Hamilton hat klare Zielvorstellungen vor Augen und weiß, wohin ihr Weg gehen wird ... wären da nicht ständig Komplikationen, die ihr das Leben erschweren. Zum einen gibt es da ihre jüngere Schwester, deren überdimensionale Hochzeit jeden vernünftigen Rahmen zu sprengen droht, dann treibt ihre sexuell orientierungslose Mitbewohnerin sie beinahe in den Wahnsinn und Geldsorgen hat Erin auch noch.
Zu allem Überfluss muss sie mit dem verantwortungslosen und arroganten Tom Peacock klarkommen, der sie als Kindermädchen für seine vierjährige Tochter engagiert, damit er sich nicht selbst um die Kleine kümmern muss.
Der berühmte Footballspieler ist es gewöhnt, seinen Willen durchzusetzen und das zu bekommen, was er haben will. Doch bei Erin beißt er auf Granit, denn sie ist alles andere als beeindruckt von ihm und zeigt dies deutlich. Sie zwingt ihn dazu, Zeit mit seiner süßen

Tochter zu verbringen. Ob Tom gegen so viel Weiblichkeit um ihn herum eine Chance hat?

Seitenzahl: 394

„Knallharte Schale – zuckersüßer Kerl" – (Band 5)
erschienen im Dezember 2013

Dupree Williams ist ein knallharter Footballspieler, der bei seinen Gegnern Angst und Schrecken auslöst. Nicht umsonst gilt er als "menschlicher Bulldozer". Doch niemand kann sich vorstellen, dass Dupree unter extremer Schüchternheit leidet und nicht weiß, wie er mit Frauen sprechen soll. Zu sehr nagt ein Erlebnis aus Collegezeiten an ihm. Meistens kaschiert er seine Unsicherheit mit einer großmäuligen Art und gerät prompt an Sarah, die ihm mit einem gezielten Tritt zu verstehen gibt, dass sie arrogante, großmäulige und aufdringliche Typen nicht leiden kann.

Der Spaß fängt erst an, als Sarah einen Bericht über Dupree schreiben soll, da er das Aushängeschild der New Yorker Brustkrebshilfe ist, für die sie arbeitet. Zwar mag Sarah keine arroganten, großmäuligen und aufdringlichen Typen, aber so ist Dupree ja eigentlich auch gar nicht ...

Seitenzahl: 343

Impressum

Poppy J. Anderson
c/o copywrite Literaturagentur
Georg Simader
Woogstr. 43
60431 Frankfurt

Es werden grundsätzlich keine Pakete angenommen!

3397865R00130

Printed in Germany
by Amazon Distribution
GmbH, Leipzig